GUNNAR DECKER
VENEDIG FÜR SKEPTIKER • SEITENBLICKE
EDITION ORNAMENT
Band 19

Gunnar Decker

VENEDIG

Für Skeptiker

Mit acht Zeichnungen von
Dieter Goltzsche

ORNAMENT

Herausgegeben, gestaltet und mit einem Nachwort
versehen von Jens-Fietje Dwars

Meiner Frau Kerstin,
im Unterwegs-Sein verbunden.

Ich will nichts sehen als zufällig. – Aber auf dem Markusplatz sitzen und Militärmusik hören, bei Sonnenschein. Alle Festtage höre ich die Messe von S. Marco. Die öffentlichen Gärten will ich in aller Stille ablustwandeln. Gute Feigen essen. Auch Austern. Ganz Ihnen folgen, dem Erfahrenen. Ich esse nicht im Hotel. – Größte Stille. Ein paar Bücher bringe ich mit.

Friedrich Nietzsche an Heinrich Köselitz
1. März 1879

Vorab. Magie des Lichts

Mein Venedig versinkt nicht.
Rose Ausländer

Diese Stadt spielt mit dem Licht – und das Licht spielt mit ihr. Je nachdem, woher der Wind weht. Manchmal liegt Venedig wie ein harmloser Alpenvorort in klarer Höhenluft da. Viel häufiger aber geben die Umschleierungen feuchter Meeresluft, die im Hitzeflimmern aufkochen, dem Besucher das Gefühl, Teil einer Fata Morgana geworden zu sein.

Venedigs stolze Erscheinung ist ein Resultat von Lichtbrechungen. Ihre Gestalt wächst vom Dunkel herüber ins gleißende Tageslicht, legt sich gegen Mittag als tödlicher Glanz auf das Wasser der Lagune, um dann bald schon ein milchiges Leichentuch aus lauter Dunst auszubreiten.

Ohne die Intensität der Sonne verlöre dieser Ort seinen Zauber. Erst im grün-bläulichen Glanz seiner öligen Politur beginnt etwas Unbestimmtes zu schimmern. Venedig ohne die Maßlosigkeiten des Lichts wäre eine stumpfe Angelegenheit auf Erden mehr, ein grauer Sanierungsfall.

Aber man darf das anders sehen. So überfällt Elke Heidenreich, während sie unter „geigenlosem Himmel" durch Venedig promeniert, der Wunsch nach dezenterer Beleuchtung: „Am Tag ist alles Fassade, zu hell angestrahlter Verfall, in der Nacht lebt Venedig, und in der Nacht ist überall Musik. Venedig ist wie eine alternde Frau: Nachts wird sie noch einmal schön, aber wehe, die Sonne scheint gnadenlos in ihr Gesicht."

In den letzten zehn Jahren verbrachte ich jeweils einen Sommermonat in Venedig, einmal auch einige Zeit im Winter. Aber Venedig im Winter ist wie ein Schatten seiner selbst, auf fast schon Mitleid erregende Weise kränklich.

Mancher sucht gerade das moribunde Venedig, so wie Joseph Brodsky es tat. Aber ich bevorzuge die Insel in der Lagune, mit der ein starkes Licht jeden Tag neu und anders spielt. Touristen? Oh ja, es gibt sie in Massen, aber wie die Tatsache, dass man mit der Schönheit nie wirklich allein ist, etwas ebenso Beunruhigendes wie Lästiges hat, gewöhnt man sich daran, dass Venedig viele Verehrer besitzt. Darunter auch solche, mit denen man nicht gern verwechselt werden möchte.

Man geht durch enge Gassen, die sich plötzlich zu immer wieder unbekannten Plätzen weiten und möchte ganz gern allein sein mit der Schönen, die man liebt. Aber wenn man es dann doch, und gar nicht so selten, ist, wird es schnell unheimlich.

Venedig wird dem Reisenden immer noch zur Prüfung. Wie sehr will er seinen Augen trauen? Überlässt er sich der eigenen sehenden Inbesitznahme, taucht er ein in die Hermetik der Wasserwelt, oder zieht er sich zurück auf die Rolle dessen, der sich sein Bild von Venedig lange im Voraus erlesen hat? Man kann das tun, denn das, was Dichter, Maler und Musiker in den Jahrhunderten in Verzückung und Ärger über diese Stadt schrieben, die ihnen zur existenziellen Verunsicherung wurde, gehört zur Zeit-Reise durch Venedig. Auch wenn dieser dann leicht etwas allzu vorsätzlich Achtungsgebietendes anhaftet, jene angestaubte Scholastik der großen Bescheidwisser, die eben nicht wie Nietzsche hierher kamen, um „nichts (zu) sehen als zufällig".

In Venedig ließ Antal Szerb seine traumhafte *Reise im Mondlicht* beginnen, für ihn selbst endete sie Anfang 1945 in einem deutschen KZ, erschlagen von einem Wärter. Und Venedig steht immer noch unberührt da, als hätten die großen Katastrophen der Geschichte, die vielen Verbrechen, nichts mit ihr zu tun. Aber wer genau hinschaut, spürt, dass eben diese Nachtseite dessen, was sich Fortschritt nennt, hier immer präsent war, auf engstem Raum und mit großer welthistorischer Macht.

Der doppelte Blick also, der ins Buch und der auf die kleine zufällige Alltagsszene von heute, wäre hier zu kultivieren. Nicht mit dem Baedeker als Wegweiser durch die Gassen, das scheint heute wohl bereits eine bildungsbürgerliche Petitesse, vielmehr mit der Neugierde des sensationslüsternen, aber vom Zeitgeist tief ermüdeten Aussteigers auf Zeit. Der sucht im Vergangenen nach etwas Unabgegoltenem, wenn er als der x-millionste Fußgänger den Markusplatz betritt, so, als wäre er der erste.

Das ist der auf beglückende Weise wiederkehrende Effekt – bis heute. Es ist immer wieder anders, als man sich erhoffte oder befürchtete, vor allem: Es ist immer intensiver als man sich ausmalte. Aber nie jenseits des Profanen, sondern mitten in ihm. Man nimmt seinen gesamten Bildervorrat, den man zu Vergleichszwecken in sich trägt, mit hierher – und die Resultate dieser Analogien verwundern, ja befremden dann.

Die Generation unserer Großeltern reiste mit den ebenso fantastischen wie auf gründliche Weise vom sehr deutschen Traum von Italien getragenen Büchern von Eckhart Peterich und Kasimir Edschmid. Peterich erklärt seinen Lesern sogar, was eine Pizza ist: „runde, etwa tellergroße Scheiben eines feinen Brotteigs werden mit verschiedenen Gemüsen garniert, in denen Mozarella, Tomaten, Würzkräuter, Sardellen die Haupt-, Schinken und Speck die Nebenrollen spielen."

Das stammt aus der Zeit, da sich der Tourismus noch im Stande der Unschuld befand. Aber, unabhängig davon, ob man wusste, was eine Pizza ist – Venedig war wohl immer jene Stadt, in der sich diese Unschuld des Traums von Arkadien am schärfsten brach. Globalisierung kannte man hier schon vor sechs- oder siebenhundert Jahren. Am nüchternsten hat, das ist auch schon ein halbes Jahrhundert her, die Amerikanerin Mary McCarthy Venedig porträtiert – und, wen wundert es, amerikanische Zustände (die Wallstreet) wiedererkannt. Denn Chaplins *Moderne Zeiten* begannen hier: „Die Venezianer erfanden die Einkommenssteuer, die Statistik, die Ausgabe von Staatsaktien, die staatliche Bücherzensur, anonyme Denunziation (die Bocca del Leone), das Spielkasino und das Ghetto."

Und natürlich, als ihre Macht dahinschwand, den Tourismus, der sich im Schein des Untergangs der Stadt spiegelt. Dieser Untergang wurde zum Markenzeichen Venedigs.

Wenn es einmal hieße, Venedig ist gerettet, es versinkt nicht, dann erst hätte es seinen Nimbus verloren. Die Planer des MOSE-Projekts (Modulo Sperimentale Elettromeccanico), das die Lagune mit einem gigantischen Schleusensystem vom Meer abtrennen soll, wissen das natürlich – und findige Köpfe haben nun bereits diesen Versuch der Rettung selbst als die neue Bedrohung ausgerufen. Venedig lässt sich nicht retten, denn das wäre sein eigentlicher Untergang!

Aber es ist nicht alles Kalkül, nein, die Venezianer maskieren sich gern mit Unlust, wo es doch pure Lust ist, in einer Stadt zu leben, die ebenso ein Museum wie ein Jungbrunnen ihrer selbst zu sein scheint. Mary McCarthy hat jenen Platz, den dann Donna Leon von ihr übernahm – den der ewigen Amerikanerin in Venedig –, sehr viel sarkastischer als diese behauptet. So schrieb sie, sich keinerlei Illusionen über ihre Rolle hier machend: „Aber das Hauptvergnügen der Venezianer sind die Ausländer. Seit der hinkende Lord Byron ihnen den Gefallen tat, durch den Canal Grande zu schwimmen und George Sand in Männerkleidung mit Musset im Hotel Daniele wohnte, amüsieren sie sich auf unsere Kosten. Wir sind der Bestand ihrer Lustbarkeiten; wir sind es, die mit der Gondola fahren und durch den American Express des Nachts Serenaden empfangen.“

Ein auf bohrende Weise gegenwärtiges Venedig-Buch schrieb Jean-Paul Sartre mit *Königin Albemarle oder Der letzte Tourist*. Er wollte 1951 „mit den Händen in den Taschen“ zur Erholung durch Italien reisen. Das gelang natürlich nicht, überall blieb sein Blick hängen und seine Phantasie entzündete sich, am abgründigsten natürlich an Venedig, das er, wie er gesteht, liebe, „aber ohne Sympathie“. Doch dann riss ihn die französische Politik kein Jahr später aus Italien und der Arbeit an *Albemarle* heraus – es blieb Fragment, aber was für eins!

Für Sartre ist Venedig ein „unscharfer Impressionistentraum“, ein Ort der „Luzidität wie New York“, eine „Stadt für Kurzsichtige“, denn immer fühlt man sich in ihren Gassen gefangen. „Venedig ist ein wenig das verfluchte Denken eines in der Unaufrichtigkeit Befangenen, der sich in sich selbst verstrickt und nicht herausfindet. Es ist das Gegenteil der Erlösung durch die Reflexion, und man fühlt sich hier wie ein Mensch, der die Erlösung, sich zu sehen und über sich zu urteilen, nicht erfahren kann. Daher so etwas wie Niedergeschlagenheit.“

Was aber bleibt von dieser Stadt, wo der Tourist nach seiner ersten Nacht als Amphibie erwache, feststelle, dass ihm Flossen gewachsen seien und er so – welch Paradox – den Gebrauch seiner Füße wiedergefunden habe? Er wird als Fußgänger gleichsam neu geboren, die Stadt zieht, während er geht, an ihm vorbei – und so auch in ihn ein: „Hier nimmt das Gehen wieder seinen natürlichen Adel an, hier ist das Gehen heilig.“

Wo auch immer den Gehenden sein Weg hinführt, wie auch immer sein Aufenthalt in dieser Stadt ausgehen mag, dies ist kein Reiseführer, nicht einmal ein alternativer. Die hier versammelten Beobachtungen und Überlegungen gelten nicht einem „verborgenen Venedig“ – denn hier liegt immer alles offen vor aller Augen – und man versteht es dennoch nicht.

Es sind lauter Seitenblicke auf eine Stadt, die sich über Jahrhunderte auf wundersame – geradezu sture – Weise fast unverändert erhalten hat. Über das Geheimnis der Dauer wäre zu reden, das man nicht lösen, sondern immer nur weiter umkreisen kann. In Venedig nicht nur zu Fuß, sondern auch auf dem Wasser.

Das, was August von Platen über die Poesie sagte, es gilt erst recht für diese so mysteriöse Stadt, ganz gleich, ob bei Tag oder Nacht: Der Läufer wird es nicht erjagen!

Dem Fußgänger aber, der wie vor tausend Jahren zwischen Stein, Sand und Wasser hindurch gezwungen ist, sich selbst seinen Weg zu suchen, dem schenkt sie sich manchmal für Augenblicke ganz.

Doch das sind Gaben, auf die wir nicht mehr gefasst sind. Ein Zuviel von gefährlicher Schönheit legt sich uns auf die Brust und macht das Atmen schwer. – Wobei Venedig niemals vergisst, den vollen Preis, auf den es seine Schönheit taxiert, auch zu kassieren.

Gunnar Decker, Berlin-Treptow im Februar 2017

Donna Leon gehört Venedig, Mark Twain die Markuskirche. Und die Gummistiefel den Touristen.

Wenn man in Venedig durch die feuchten Spalten läuft, fühlt man, wie man eine Kellerassel wird.
Jean-Paul Sartre

Am Abend vor meiner Abreise ist Donna Leon im Fernsehen. Sie klagt, nichts sei in Venedig so schrecklich wie die Touristen. Sie spricht mit amerikanischem Akzent und sieht aus wie eine Lehrerin auf Bildungsurlaub. Das ist sie tatsächlich, Lehrerin, wenn auch nur in den Ferien, wenn sie eine Pause braucht zwischen ungefähr zwanzig Büchern über Kommissar Brunetti, die inzwischen weltweit erschienen sind – außer in Italien, wo sie seit langem lebt. Ruhm sei nonsens, sagt sie, die in Venedig gern incognito bliebe. Vielleicht auch, weil es bei der strapazierten Seele der Venezianer nicht so gut ankäme, wenn nun schon die Amerikaner die Italien-Bücher schreiben und beginnen, endlos über die Touristen zu klagen. Aber das tun sie ja längst, das verdrängen wir bloß gewöhnlich! Mark Twain fing mit den *Arglosen im Ausland* damit an, traf traumsicher den zwischen Zeiten und Kulturen oszillierenden Ton.

Und doch empört sich der arglose Nicht-Venezianer gern stellvertretend für die aussterbenden Venezianer: Ist es denn gut, gar wünschenswert, wenn die Hälfte der venezianischen Palazzi Amerikanern und Japanern gehören? Auch viele deutsche Namen finden sich im Telefonbuch der Stadt. Man stelle sich vor, ein Amerikaner schriebe den ultimativen Berlin-Roman, oder – noch schlimmer – ein Stuttgarter die Geschichte des Prenzlauer Bergs!

All diese Schrecklichkeiten werden passieren, sie passieren jetzt schon. Aber es ist angesichts Venedigs so überaus naiv gedacht, wie nur Festlandsbewohner von ihrer Trauminsel sprechen können. Denn hier hat noch nie jemand die Frage für zulässig befunden, ob etwas gut oder wünschenswert sei. In Venedig zu seiner Blütezeit stand eines immer außer Frage: die Macht des Geldes, Regeln aufzustellen und sie auch wieder zu übertreten oder gar abzuschaffen.

Es scheint unvermeidbar, das Ende der Verborgenheiten. Einer der schönsten, verträumtesten und vergessensten Orte des Comer Sees, der für deutsche Auto-Touristen schwer erreichbar war, weil man erst durch die gesamte Schweiz hindurch und über die Alpen hinüber, oder eher unten ihnen hindurch musste, war einmal Bellagio. Von einem Jahr zum anderen verdoppelten sich hier die Hotel-Preise, überall saßen gelangweilte Amerikaner in Cafés herum, die jede Wucher-Rechnung bezahlten, ohne auch nur mit der Wimper zu zucken. Bis eben an den Fremden nur mäßig interessierte Einheimische über Nacht zu profitgierigen Wegelagerern wurden. Die kleinen Familienpensionen starben dabei so rasch aus als ginge ein neuer Grippevirus um, der nur Einsternehotels treffe. Die simple Ursache: In Las Vegas hatte ein neues Spielcasino eröffnet, das den Namen *Bellagio* trägt. Man muss nicht immer Krieg führen, um Kultur zu vernichten.

Donna Leon ist auf amerikanische Weise klug genug, genau so wie alle anderen älteren amerikanischen Damen in Venedig aussehen zu wollen. Und sie schimpft wie die letzten der übrig gebliebenen Ureinwohner jener Stadt, deren Bevölkerung sich in den letzten Jahrzehnten halbiert hat, auf die Fremden, die den einen Teil der Venezianer reich machen und den andern vertreiben. Dabei hat man eine lange Erfahrung im Ausnehmen von Reisenden. Die Gondoliere und die Hoteliers kassieren jeden Betrag, den sie in einem habgierigen Traum geträumt haben, am nächsten Tag tatsächlich auch ein. Die Rentner und die Familien aber ziehen fort nach Mestre aufs Festland, wo die Mieten niedriger sind und man sein Auto vor der Tür parken kann. Und doch: die fetten Jahre scheinen auch hier endgültig vorbei. An einem Sommerabend im Juli fahre ich mit dem Vaporetto an einer langen Reihe von Gondeln vorüber, die vergeblich auf Kunden warten.

Übrigens, nichts gegen die Amerikaner. Als sie in den 50er Jahren des vorigen Jahrhunderts mit Paris fertig waren, haben sie sich Italien vorgenommen und auch hier ist das Ende schon abzusehen. Als nächstes Ziel könnte ich mir Berlin vorstellen. Hinterlassen haben sie überall die entkernten Kulissen einstiger Unverwechselbarkeit und gierige Ureinwohner, die der Illusion aufgesessen sind, dass Touristen jeden Preis zahlen. Von einigen gibt es immerhin schöne Beschreibungen des Zerstörungswerks, die jene Karawane anrichtete, der sie berichterstattend folgten.

Lange vor Donna Leon kam Mark Twain hierher nach Venedig, setzte sich auf dem Markusplatz ins Café *Florian*, damals wie heute eine Räuberhöhle, die selbst arglose Touristen inzwischen meiden und wo die Kellner faul um die meist leeren Tische herumstehen, betrachtete die Markuskirche und befand, sie sehe aus wie eine riesige warzige Wanze, die nachdenklich spazieren gehe. Den Satz vermisse ich im Baedeker. Allerdings ist Twains Pointe auch wieder typisch amerikanisch. Witzig, aber den Gegenstand keineswegs erschöpfend. Das muss sie auch nicht, wirklich originelle Bilder (und das ist das der riesigen warzigen Wanze, die nachdenklich spazieren geht) führen durch die Zeiten hinweg zweifellos ein Eigenleben. Das muss man erst einmal schaffen! Jedoch soll bei der Gelegenheit wenigstens angemerkt werden, dass es hierzu auch eine andere Perspektive gibt, weniger pointiert, aber nicht weniger zutreffend. Der Franzose Hippolyte Taine, bekannt für seine strengen Kunsturteile, sah in der Markuskirche ein „zauberhaftes Gebilde“, das er „wie den luftigen Schmuck eines geträumten Palastes“ bei einer nächtlichen Fahrt über die Lagune „zwischen zwei Lichträndern“ aus der Dunkelheit auftauchen sah: „Währenddessen wuchsen die Kirchen und Paläste und schwammen auf dem Meer wie Gespenster.“ Allerdings kann auch Taine sich nicht enthalten von der „Knollenform“

der fünf Kuppeln zu sprechen – bei ihm jedoch ist das durchaus anerkennend, geradezu liebevoll gemeint.

Einmal bin auch ich in der Markuskirche gewesen, wo sich sonst lange Schlangen von Touristen drängen. Das war im Winter bei Hochwasser, als die Lagune mühelos in die Gummistiefel schwappte und ich plötzlich allein war im Bauch des Byzantinismus. Muffige Dunkelheit herrschte. Und plötzlich spürte ich ihn, den unreinen Atem einer langen Geschichte. Ungefähr so wie in den feuchten Kellern tief unter dem Bahnhof Zoo. Oder hatte gerade Donna Leon den Raum betreten?

2010

Der Müll, die Stadt und die Gier

Mülltrennung gibt es nun auch in Venedig. Und wie das bei den Italienern üblich ist nach einem überaus komplizierten System. Um herauszubekommen, welcher Müll an welchem Wochentag – und nur an diesem! – abgeholt wird, studiere ich ein Informationsblatt, das mich an eine Anleitung zum Ausfüllen der Steuerklärung erinnert. Abholung morgens von sechs bis acht! Streng verboten ist es, den Müll schon abends vor die Tür zu stellen, weil sonst die Ratten von Venedig die leeren Weinflaschen benagen würden. In meiner ersten venezianischen Sommer-Wohnung in der Calle Malatin herrschte ein für Venedig seltener Luxus: eigene Mülltonnen. In der zweiten klingelte die Müllabfuhr jeden morgen kurz nach sechs Uhr persönlich an der Tür, um zu fragen, ob ich jetzt nicht mit meiner Mülltüte herunterkommen wolle. Man klingelte nicht nur, man wartete auch auf eine Antwort.

Überhaupt springt der Temperamentspegel der Venezianer um Punkt sechs Uhr von Null auf hundert. Als gäbe es einen einzigen Wecker für die Stadt – und dann fliegen überall wie auf Kommando krachend die Fensterläden auf. Kinder, die lärmen könnten, hat Venedig kaum noch, aber unerwartet viele Abkömmlinge der Altersklasse 80 plus. Bei denen scheint es über Nacht zu einem argen Kommunikationsstau gekommen zu sein, die meist schwerhörigen Residenten unterhalten sich von Stockwerk zu Stockwerk in beachtlicher Lautstärke. Etwas zum Aufregen scheint es, dem Vibrato der Stimmen nach, jeden Morgen zu geben. Dann kommt schon die Müllabfuhr, dann die vielen Lastkähne, die vor den Touristenströmen die Geschäfte beliefern. Die Bauarbeiter arbeiten, wie es scheint, ebenfalls nur zwischen sechs und zehn Uhr am Morgen. Dann herrscht Ruhe. Venedig, ein Ort der Inspiration?

Vor Jahren, noch vor dem Euro, wohnte ich im Hotel *Bucintore* am Arsenale, dicht am Kai, ohne Bad aber mit Blick auf die Lagune, allerdings zu einem Preis, den zu bezahlen ich wochenlang würde schreiben müssen. Wunderbare Lagunenfarbspiele, schräg gegenüber die Salute-Kirche. Ein Ausblick, der mit nichts zu teuer bezahlt ist. Eines morgens schlug ich die Fensterläden auf und prallte zurück: keine zehn Meter weiter wuchs eine Wand empor, die den Himmel verdunkelte. Ein Wolkenkratzer wie über Nacht von New York hierher gebracht. Aber es war nur eines dieser riesigen Kreuzfahrtschiffe, das hier seine geschätzten tausend Passagiere von Bord ließ – zwei Stunden shoppen in Venedig! Seit Jahren fahren sie nun schon quer durch Venedig hindurch, eine lange schwimmende Reihe von riesigen Luxushotels, die sich durch die Lagune zwängen und deren Schornsteine höher als die höchsten Kirchtürme der Stadt in den Himmel ragen. Für diese Ungetüme hat man die Fahrrinne extra tief ausgebaggert – mit nicht vorhersehbaren Folgen für die empfindlichen Strömungsverhältnisse. Die Stadt wollte sich das Geschäft mit den Kreuzfahrtschiffen nun mal nicht entgehen lassen. Nur die angekündigten Coca-Cola-Automaten an den Vaporetto-Stationen, vom Bürgermeister als zusätzliche Einnahme favorisiert, entdecke ich nirgends. Kommen die noch, oder sind sie schon wieder weg? Statt dessen überall an den Planen der Baugerüste riesige bunte Werbeplakate. Walt Disney in der Lagune?

Inzwischen ist aus dem Ein-Sterne-Hotel *Bucintore* eines mit vier Sternen geworden. Das sind die ungesunden Sprünge, die die Gier hier unternimmt. Das Hotel sieht immer noch aus wie eine schlichte Pension, nur dass jetzt ein uniformierter Portier vorm Eingang steht, manchmal auch zwei.

Der Vaporetto ist abends auf manchen Strecken oft halb leer, das gabs noch nie. Doch diesen Preis für eine Einzelfahrt gabs auch noch nie: 6,50 Euro. Ich bin Abonnent der Venezianischen Verkehrsbetriebe (nach zehn Formularen und wochenlangem Warten) und bezahle nun für meine Monatskarte 28 Euro. Für gut vier Einzelfahrten eine Monatskarte? Venedig zeigt deutlich, dass es hier zwei Klassen Mensch gibt: Einheimische und Touristen. Zwischen beiden Klassen herrscht dann auch Klassenkampf nach allen Regeln gegenseitiger Verachtung. Anderswo würde man die Art, wie die Stadt mit ihren Gästen umspringt, schlicht fremdenfeindlich nennen. In meinem Internetcafé, das verspricht, das billigste der Stadt zu sein, kostet die Stunde beachtliche 7 Euro. Einheimische, die eine venezianische Steuernummer vorweisen können, zahlen nur die Hälfte. Das erinnert mich an die Praxis der Interhotels in der DDR im Umgang mit Devisenzahlern.

Immer sind es zu viele oder zu wenig Touristen. Das rechte Maß gibt es nie. Vor allem: Der Bauch von Venedig ist groß und wird immer größer. Die Zahl der Hotels muss sich in den letzten zehn Jahren fast verdoppelt haben. Dabei ist die Stadt eine einzige Baustelle und keinen Presslufthammer vor der Tür zu haben, ist wie ein Fünfer im Lotto. Aber was heißt hier Lotto? Es ist so, wie wenn der Müllmann vergisst, morgens um sechs zu klingeln.

2010

Kultur, Geld und Hitze.
Charles Aznavour trifft Hermann Hesse

Kürzlich wurde moniert, in meinen bisherigen Notizen aus Venedig sei zu viel von Geld die Rede und zu wenig von Kultur. Das stimmt. Also zur Kultur: Vor einigen Tagen sang Charles Aznavour auf dem Markusplatz. Nicht einfach so, sondern in einem richtigen Konzert mit Bühne und Orchester. Zu diesem Zweck wurden mehrere große Tracks mit Bühnentechnik auf schwimmenden Pontons über die Lagune gezogen, denn Venedig ist bekanntlich nicht nur PKW-, sondern auch LKW-frei. Erstaunlich, wie viel Technik ein Chansonnier braucht, der doch schon sehr deutlich über achtzig ist, oder gerade deswegen. Ich wollte auch hingehen, obwohl das letzte Konzert, das der singende Armenier aus Paris in Berlin gab, etwas an Unterkühlung litt. Zudem ließ Aznavour ankündigen, beim ersten Blitzlicht, dem Hauch von Zigarettenrauch oder Klatschen an der falschen Stelle, das Konzert sofort abzubrechen. Dann musste er doch bis zum Ende singen, weil das Publikum so eingeschüchtert war, dass sich keiner traute zu blitzlichten oder zu rauchen. Zu klatschen allerdings auch kaum.

Auf dem Markusplatz waren es an diesem Abend geschätzte 40 Grad und eine Luftfeuchtigkeit von bald 100 Prozent. Leider kostete die billigste Karte 185 Euro, da legte ich mich lieber auf mein Bett vors offene Fenster und wartete auf den Hitzschlag. Nebenbei horchte ich über die Dächer Richtung Markusplatz, was von dort zu hören sei. Nichts. Entweder weil der Schirokko aus der falschen Richtung blies und die Töne zum Lido trug, oder weil auch Aznavour auf seinem Bett lag und auf den Hitzschlag wartete.

Seltsam, man kommt in dieser Stadt um das Thema Geld keinen Augenblick herum. Es gehört sozusagen zum Geist des Ortes, denn Venedigs Kultur ist ja vor allem ein Resultat schamlosen Raubes. So ist die Markuskirche anfänglich gar nicht die Kirche des Heiligen Markus gewesen, sondern die des Heiligen Theodor. Aber wer kennt den schon, sagten sich die Venezianer und schauten sich um, ob sie nicht einen bekannteren Namenspatron für ihr monströses Bauwerk finden könnten. Sie wurden fündig, in Alexandria, am Grabe des Heiligen Markus. Sie stahlen die Gebeine und transportierten sie unter einer Ladung gepökelten Schweinefleisches verborgen nach Venedig. Das war im Jahre 829 und seitdem weiß man: das Image ihrer Stadt aufzubessern, scheuen die Venezianer vor fast nichts zurück. Und statt des Krokodils des Heiligen Theodor hat Venedig nun den stolzen Löwen des Heiligen Markus zum Wahrzeichen.

Eigentlich müsste eine auf Schlammgrund gebaute Stadt vor allem die Sorge haben, darin zu versinken. Aber hier haben sie eine ganz andere Angst: Feuer. Im Moment werden gerade an jede Kanalecke Hydranten gebaut. Die ganze Stadt ist nun gepflastert mit diesen nagelneuen roten Hydranten, die ihr Wasser im Bedarfsfall gewiss aus dem hinter ihnen liegenden Kanal beziehen. Als das *Teatro Gran Fenice* zum wiederholten Mal in seiner Geschichte abbrannte, beschloss die Stadt ein Feuerschutzprogramm. Es war wie immer, wenn hier etwas beschlossen wird: leicht unverhältnismäßig. Wenn man heute ins *Fenice* geht – und das sollte man tun, denn von einer Karte für Charles Aznavour kann man sich hier achtzehneinhalb preiswerte Karten für den obersten Rang kaufen, zumal klimatisiert – dann steht praktisch immer ein Feuerwehrmann neben einem. Manchmal patrouillieren ganze Hundertschaften in voller Montur und schweren Stiefeln durch die Ränge, so dass man von der Musik unten nichts mehr versteht. Kürzlich saß ich dann aber auf einem der teuersten Plätze ganz vorn unter lauter kulturtragenden Venezianern, die sich alle kannten und darum auch viel zu erzählen hatten. (Die Karte hatte mir meine Vermieterin unter der Tür hindurch geschoben.) Auch vorn verstand man dann fast nichts von der Musik. Und ich dachte daran, wie rigide Toscanini war, als er vor mehr als hundert Jahren die Mailänder Scala übernahm. Wenn sich das Publikum unterhielt, hörte er auf zu spielen. So einfach. Wahrscheinlich hat sich Aznavour da einiges von dem preußischen Italiener abgeschaut.

Merkwürdig ist der etwas abgeleitete Musikgeschmack: jedesmal wenn ich hier bin, spielen sie etwas von Richard Strauss, der es nicht ganz geschafft hat ein Wagner zu werden, diesmal *Tod und Verklärung* und etwas von Brahms, der auch nur fast ein Beethoven geworden ist.

Man hat hier einen feinen Sinn entwickelt für jeden Anflug von Kopie im Original. Das trifft den Nerv der echten Venezianer. Denn äußerlich hat sich die Stadt in Hunderten von Jahren fast nicht verändert, aber darin liegt gerade das Problem. Das *Fenice* etwa ist schon mindestens der dritte Neuaufbau und als Hermann Hesse, der 1901 noch auf den Campanile gestiegen war, ein Jahr später wieder hierher kam, war er erschüttert: der ganze große Turm weg, eingestürzt und eine hässliche Lücke klaffte auf dem Markusplatz. Einige Jahre später war der Turm wieder da, neu gebaut – aber nur eine Kopie des Originals. Und so, zwischen Original und Kopie, steckt Venedig nun in der Falle.

2010

Lord Byron schwimmt, die Japaner fotografieren

Marlene Dietrich fühlte sich irgendwann totfotografiert. Was soll erst Venedig sagen! Keine Vaporetto-Fahrt mit der Linie Eins durch den Canal Grande ohne Blitzlichtgewitter. Das ist lästig, zumal wenn mir eine freundlich lächelnde Japanerin zum dritten Mal in einer Minute grelle Lichtblitze ins Auge jagt und ich danach buchstäblich geblendet durch die Gassen stolpere. Junge Japanerinnen, meist in kleinen Gruppen, stellen in diesem Jahr den Hauptteil jener Touristen, die auch über Nacht in der Stadt bleiben und nicht wie der Heuschreckenschwarm der Tagestouristen jeden Abend wieder Richtung Piazzale Roma, wo die Parkplätze für Autos und Busse sind, davonfliegen. Bei den Japanerinnen hat sich der Trend deutlich verstärkt, statt Sehenswürdigkeiten nur noch sich selbst zu fotografieren. Überall sieht man sie, die kleinen Digitalkameras am ausgestreckten Arm in die Höhe gereckt, in die eigenen Apparate lächeln.

Bei seiner ersten Italienreise 1901, als Hermann Hesse aus dem „billigen Toskanerland" ins „teure Venedig" kommt, sind es nicht die Fotoapparate, die ihn nerven, sondern seine Landsleute, die „deutschen Bierbäuche". Entrüstet ruft er aus: „Wie gemein so ein feister deutscher Kommerzienrat neben einem italienischen Bettelbuben aussehen kann!" Deutsche Bierbäuche sieht man hier fast gar nicht, die haben wohl inzwischen andere Ziele. In meiner Osteria sitzt heute eine Amerikanerin, die in einer Lautstärke, als wäre sie hier in den Weiten von Texas, ständig wiederholt, dass sie Venedig „very romantic" findet. Das ist es auch und ich überlege, ob ich ihr im Gehen noch die beiden romantischsten Venedigfilme, Viscontis *Tod in Venedig* und Nicolas Roegs *Wenn die Gondeln Trauer tragen* empfehle, um ihren Begriff von Romantik, die für sie ein Synonym für nett zu sein scheint, etwas zu vertiefen. In beiden Filmen überleben die beiden Hauptpersonen ihren Aufenthalt in Venedig nicht. So ist das mit der Romantik, sie hat eine unaufkündbare Affinität zum Tod.

Bis heute weht es mich jedesmal unheimlich an, wenn ich, spät abends von einem belebten Kanal kommend, plötzlich in einer dieser einsamen, dunklen Gassen stehe, die so schmal sind, dass beide Ellenbogen fast die feuchten Hauswände berühren. Venedig bleibt eine spezielle Art von Labyrinth, ein gefährlich glitzerndes Bergwerk. Hesse notiert an seinem ersten Abend bereits recht ahnungsvoll in sein Tagebuch: „Wege zu Fuß zu finden ist in Venedig am Anfang unmöglich. Ich schreibe dies in einem Wirtshaus und weiß noch nicht, wie ich an mein Haus kommen werde, in dem ich dann noch extra reichlich Gelegenheit habe, mich zu verirren." Nein, übersichtlich wird Venedig niemals, darum hat es auch berechtigte Chancen, nicht zu jenem Freiluftmuseum zu werden, das die knapp 50 000 Venezianer so fürchten – bei 13 Millionen Touristen im Jahr nicht ohne Grund.

Aber solange die Stadt noch solch unbedingt hierher passende Gäste hat wie Lord Byron (very romantic), der bei mir gleich um die Ecke am Rialto wohnte, darf Venedig hoffen, seine vielen sich täglich ereignenden Untergänge zu überleben. Byron nämlich hatte die Angewohnheit, sich in Venedig schwimmend durch die Kanäle zu bewegen, was damals ein kloakiges Vergnügen gewesen sein muss. Um nicht mit einer Gondel oder Ratte zu havarieren, leuchte er sich, ein Brett mit einer brennenden Kerze vor sich herschiebend. Gelegentlich soll er sogar vom Lido bis zur Rialtobrücke geschwommen sein, eine Strecke, für die der Vaporetto heute mehr als eine halbe Stunde benötigt. Solche Männer, ebenso sportlich wie versponnen, braucht Venedig!

Vielleicht wollte er aber auch nur das Geld für die Gondel sparen, denn Romantiker sind im Alltäglichen oft gezwungenermaßen pragmatisch. Hesse macht aus seinen Venedig-Tagebüchern dann auch gleich eine Serie mit *Stimmungsbildern*. Der *Baseler Anzeiger* druckt sie dankbar ab, aber zahlt nicht:

„Nachdem meine schriftliche Mahnung zweimal ohne Erfolg geblieben war, stieg ich neulich selbst auf das Redaktionsbureau und forderte Geld für meine Artikel. Der überraschte Redaktor musste nachgeben und zählte mir nun tropfenweise mein Geld zuerst in Zehnfrank-, dann in Fünffrankstücken, wobei er nach jedem Stück wartete, ob ich noch nicht die Hand zurückziehe. ‚Ist's nicht genug' fragte er jeden Augenblick."

2010

Tiere, Gift und psychedelische Möglichkeiten

Die kulturellen und finanziellen Aspekte Venedigs wurden bereits besprochen. Die Tierwelt Venedigs ist darüber in den Hintergrund geraten. Unverdientermaßen. Dass die Venezianer Goldfische in Gläsern halten, in denen nur einige Geldstücke liegen, deren Oxidationsprodukte dann diese pekuniär betitelten Fische durchaus ausreichend ernähren, ist zwar einerseits ein hübsches Sinnbild, andererseits ein übles Gerücht. Ich habe solche venezianischen Aquarien noch nicht gesehen. Aber das will wenig besagen. Denn wie viele von Casanovas Zeitgenossen haben schon die Bleikammern Venedigs mit eigenen Augen gesehen?

Die beiden Eidechsen auf meiner Terrasse sind inzwischen jedenfalls ausgewandert oder verunglückt, nachdem sie sich die erste Zeit mit eigenen Augen davon überzeugen mussten, dass ich hier beinahe ganztags am Computer herumsitze. Ein für Eidechsen gewiss deprimierender Anblick. Die größere Eidechse mochte ich besonders, weil sie in einem der sechzehn Blumenkästen und Pflanzenkübel, die ich nebenbei versorge, an einer Erdbeerpflanze kunstvolle Schwanzstände vollführte. Man muss seine Delikatessen eben zeitig teilen lernen, notfalls auch mit Reptilien.

Prächtig entwickelt haben sich die Ameisen, vielleicht, weil sich auch die Schildläuse am kleinen Zitronenbaum unter meiner Obhut explosionsartig vermehrt haben. Anfangs dachte ich, die Ameisen fressen die Schildläuse und damit ist das Problem gelöst. Aber es werden immer mehr Schildläuse und immer mehr Ameisen. Neuerdings erkunden erste Vorkommandos meinen Computer und fallen – unter hohen Verlusten – in dessen Lüftungsschächte ein. Erste Buchstaben der Tastatur klemmen bereits und ich fürchte, bald nur noch ausgewählte Worte schreiben zu können.

Klingt das irgendwie surreal, psychedelisch vernebelt?

Kommt mir auch so vor, was vielleicht an der Dauernutzung eines Mückensprays mit dem Namen *Off* liegt, von dem ich zum Preis einer hochwertigen Flasche Chianti Classico jeden zweiten Tag bei *Billa* eine neue Spraydose erwerbe. Eine Bedienungsanweisung liegt der grell orangenen Flasche mit einer großen schwarzen Mücke darauf nicht bei, aber ich zweifle inzwischen doch ein wenig, dass man an *Off* anderes als seine toxische Wirkung getestet hat. Ich weiß überhaupt nicht, ob es dazu erfunden wurde, sich selbst damit einzusprayen. Aber die meisten Dinge erweisen sich mit der Zeit. Die zahlreichen Mücken jedenfalls sind lernfähig, das steht fest. Fünf Stunden meiden sie das Gift auf meiner Haut, dann scheint keine Gefahr mehr von *Off* auszugehen.

Eine Dächerkatze habe ich dieses Mal nicht, vielleicht weil meine Dachwohnung in der Strada nuova direkt an die Rückseite des *Ca' d' Oro* am Canal Grande angebaut ist. Das *Goldene Haus* ist ein staatliches Museum und da sind diese struppigen Geschöpfe, von den es heißt, sie verbrächten ihr ganzes Leben auf Dächern, gewiss unerwünscht. In meiner letzten Wohnung am Ospedale teilte ich meine Terrasse mit gleich mehreren von ihnen. Wüste Penner von Katzen, aber dabei höchst artistisch und phantasiebegabt so wie E. T. A. Hoffmanns *Kater Murr*. Jedes Mal aufs Neue erschrak ich, wenn mir so ein Vieh im Dunkeln dämonisch in die Augen funkelte. So misstrauisch sind diese Kreaturen, dass sie sich nicht einmal später das holten, was ich ihnen zu fressen hinstellte. Die kennen ihre Venezianer, die ja bereits einige unliebsame Dogen durch Giftunfälle verloren haben.

Da wir diesmal mitten in der Tierwelt sind: Ein ausgewachsener Skorpion saß eines nachts an der Badtür, direkt neben dem Lichtschalter. Ich habe ihn auch fotografiert, damit niemand sagt, das habe ich mir nur eingebildet. Außerdem benutzte ich damals noch kein *Off*.

2010

Sartre spaziert, die Menschen sterben und fahren Boot

Am Fondamenta Nuove liegt das Krankenhaus, das Ospedale von Venedig. Der Stadt wird es allmählich zu teuer. Wo gibt es das sonst noch: ein Krankenhaus, das nur per Boot zu erreichen ist? Schließungsgerüchte machen die Runde. Inzwischen ist das alte Ospedale so etwas wie das Herz Venedigs jenseits der Touristenströme. Wenn man das Krankenhaus schließt, dann ist Venedig endgültig tot, darüber sind sich die letzten Venezianer einig, dann kann man sich gleich auf den Cimetero auf der Isola di San Michele legen, eine Toteninsel, wie von Böcklin gemalt. Schon makaber: Der Friedhof liegt direkt dem Ospedale gegenüber, auf halbem Wege nach Murano.

Vor allem in den frühen Morgen- und Abendstunden fahren die grauen Totenboote mit den aufgebahrten Särgen durch die Kanäle. Eine zeitlang sah ich sie nicht mehr und glaubte schon, diese Art des Vorzeigens der Toten sei auch in Venedig einem anonymem Abtransport gewichen. Ein weiterer Schritt hin zur Uniformierung des Alltags? Aber in diesem Punkt hat Venedig dann doch Charakter gezeigt.

Die Geschichte ist noch in ihren zeitgeistigsten Verkleidungen auffindbar. Die schwarze Gondel etwa wird nur noch in ein oder zwei Werkstätten gefertigt. Ihre Eleganz hat einen hohen Preis. Und schon gibt es das Konkurrenzmodell aus Plaste. Aber niemals, um damit in Venedigs Kanälen zu fahren! Der Plastegondelhersteller blieb gelassen, das hatte er schon vermutet – und ohnehin den asiatischen und amerikanischen Markt im Auge. Neulich saß ich in einer der wenigen nichttouristischen Pizzerien Venedigs, die nach den Pyramiden benannt ist. Ein ungewöhnlicher Name für eine echt venezianische Lokalität. Ich betrachtete die Zeichnungen an den Wänden: altägyptische Pyramiden – und Gondeln! Natürlich, die Gondel ist ein ägyptisches Motiv, darin fahren die Toten.

Darum liegt auch immer eine unheimliche Atmosphäre über der Stadt, die noch die lautesten Touristengruppen nicht ganz vertreiben können. Es gibt geradezu mysteriöse Begegnungen hier. Vor einigen Jahren ging ich in meinem Viertel einen der schmalen Wege an einem der dunklen Kanäle entlang. Mir kam ein großer schwerer, noch nicht alter Mann entgegen. Irgend etwas an ihm erinnerte mich plötzlich an einen Golem. Er rollte mehr geradeaus, als dass er ging. Als er direkt vor mir stand, musste ich beiseite treten, weil ich spürte, dass er das nicht tun würde. Ärgerlich blickte ich ihm ins Gesicht und sah nun das Weiß in seinen merkwürdig verdrehten Augen. Ein oder zwei Tage später stand ich vor den Aushängen des Beerdigungsinstituts in der Straße. Man nimmt hier unwillkürlich die Angewohnheiten des Lesers einer Lokalzeitung an, der immer zuerst die Seite mit den Todesanzeigen aufschlägt. Ich erschrak: Da blickte mich vom neuesten Foto jener Mann an, der mir kurz zuvor so blindlings entgegen geschwankt war.

Über Sartre wird noch zu reden sein. Hier nur ein Satz aus *Königin Albemarle*, einem Buch, das jeder kennen sollte, der sich Venedig als Einzelner und nicht in der Gruppe nähert: „Venedig ist eine der ganz wenigen Städte, die mir das Gefühl geben, in ihr gelebt zu haben. 1934 war ich dort wahnsinnig und unglücklich, ich bin eine ganze Nacht dort herumgelaufen, verfolgt von einem gewaltigen Hummer, der hinter mir seine Scheren wetzte. Ich habe nie im Leben *wirklich* an Selbstmord gedacht, aber in jener Nacht fürchtete ich daran zu denken. Ich bin an einem kleinen Kanal stehen geblieben. Mir gegenüber tauchten Palazzi ins Wasser, ihre sämtlichen Fenster waren offen und dunkel. Ich hörte ein seltsames Röcheln, das Ähnlichkeit mit einem Brüllen hatte: es war der Typ, der in einem Fürstenzimmer jenseits des Wassers schnarchte. Seit jener Nacht fühle ich mich in Venedig zu Hause. Das einzige Mittel, eine Stadt ein wenig zu besitzen, ist, seine persönlichen Probleme darin herumgeschleppt zu haben. Natürlich ist Venedig tot, aber wie es vor Leben summt …“ 2010

Mussolini trifft den letzten Touristen in einer futuristischen Pizzeria

Venedig ist nicht zum Schutz gegen die Natur gebaut, sondern umgekehrt: die schlammige Lagune sollte vor den kriegerischen Wirrnissen der Geschichte schützen. Das hat lange funktioniert. Man hatte hier zwar die Pest, die dann auch vorbei ging. Und immer, wenn eine dieser großen Bedrohungen vorbei war, baute man eine Kirche. Die Jahrhunderte, in denen ganze Landstriche immer wieder verbrannt wurden, waren Venedigs Blütezeit. Es lag in Wasser und Schlamm behütet da – keine der marodierenden Söldnertruppen kam hier durch.

Der erste, der Venedig im Sturm nahm, war Napoleon. „Den werde ich nicht mehr brauchen“, waren die Worte des letzten Dogen von Venedig, Lodovico Manin, als er seinen Stab einem Bedienten reichte und in Rente ging. Er habe dabei ausgesehen, heißt es, wie ein bekümmertes Stubenmädchen. Da war Venedig schon zur Kulisse seiner selbst geworden, mit anderen Worten: reif für Napoleon.

Napoleon war ein moderner Mensch. Selbst in seiner Verbannung auf Elba begann er sofort mit einem Straßenbauprogramm, von dem die nach ihm wieder ins Ländliche zurückgefallene Insel noch heute profitiert. Auch in Venedig fand er das Straßennetz mangelhaft und ließ die ersten Kanäle zuschütten. Weit ist er damit nicht gekommen, aber ein Stück hellen breiten Boulevard hat Venedig nun doch, auf dem man spazieren gehen kann wie der normale Mitteleuropäer anderswo auch, der nicht gewohnt ist, auf dem Seeweg zur nächsten Straßenecke zu gelangen.

Venedig ist trotz seiner sie oft beschützenden Insellage eben doch keine Insel im Meer der Zeit. Jedes Jahr wieder stehe ich vor dem Schaufenster eines Trödelladens am Fondamenta Nuove, der in jedem Jahr zu jeder Tageszeit geschlossen ist, nur ein kleiner Zettel mit der Telefonnummer des Inhabers hängt an der Tür. Vielleicht ist er aber auch schon längst gestorben, denn ich kann mich nicht erinnern, dass sich die Auslagen des dämmrigen Ladens in den letzten Jahre je wesentlich verändert hätten. Oder doch, die Mussolini-Büste ist weg, statt dessen liegen da, zwischen altem venezianischen Glas, die goldbetressten Schulterstücke eines Führers der Faschisten, auch noch andere Reliquien einer dunklen Zeit, die für viele Italiener seltsamerweise gar nicht so dunkel zu sein scheint. In einer Pizzeria auf dem Lido fallen mir die Bilder an den Wänden auf: futuristische Collagen wie es sie in den 20er Jahren auch in der jungen Sowjetunion gab. Aber hier mit faschistischen Motiven. Seltsam, in Nazideutschland wären sie unter entartete Kunst gerechnet worden. Das ist das Erbe Marinettis und seines Programms des Futurismus: eine Verherrlichung von Technik, Schnelligkeit und Krieg. Aber eben auch einer neuen Kunst, während es in Deutschland nur pseudoklassischen Naturalismus gab.

Jean-Paul Sartre ist, als er 1951 hierher kam, bereits aufgefallen, wie schnell die Italiener ihren Frieden mit der Vergangenheit gemacht haben. Er hatte gerade sein Buch über Jean Genet beendet und fuhr mit leichtem Gepäck nach Italien, um eine Art Reisebuch zu schreiben. Er hat es nicht vollenden können, denn nach wenigen Monaten in Venedig, Capri und Rom drängte sich der Kalte Krieg zwischen ihn und Italien. Jacques Duclos, der kommunistische Abgeordnete, war verhaftet worden und die Rechte erklärte die Kommunisten zu einer Partei der Verräter. Sartre bricht seine Reise ab und schreibt *Die Kommunisten und der Frieden*. Das Italienbuch bleibt unvollendet. Aber wer das Fragment von *Königin Albemarle oder Der letzte Tourist* heute liest, ist fasziniert von der poetischen Ausdruckskraft Sartres, der als Dichter denkt und als Denker sieht.

Gewiss, einiges hat sich in den letzten fast sechs Jahrzehnten verändert. Das giftige Wasser der Lagune, von dem er fürchtete, bei Berührung mit ihm werde die Haut sofort von einem grünen Ausschlag überzogen, schwappt heute harmlos wie Milch und irgendwie charakterlos durch die Kanäle. Und auch das gehört der Vergangenheit an: „Allabendlich auf dem Markusplatz könnte man meinen, eine Kissenschlacht habe stattgefunden. Das sind die Tauben, die ihre Federn verlieren." Die Stadt hat – so scheint es im Moment jedenfalls – ihren Kampf um Hygiene und Sauberkeit inzwischen gegen die Tauben gewonnen. Füttern verboten – und ein Markusplatz, der um etwas Entscheidendes beraubt wurde. Jenes gurrende Umflattertwerden, dessen Geräusch an eine Legion in Panik geratener Engel erinnerte, es fehlt.

2010

Wasser oben, Wasser unter, Wasser überall

Ich bin ein bisschen seekrank. Eine solche Auskunft aus Venedig mag verwundern. Immerhin handelt es sich nicht um die MS Venedig, sondern um die steinerne Urzelle eines weltumspannenden Handelskapitalismus. Aber aller Schwerkraft zum Trotz: Venedig schwimmt. Es ist sozusagen die Mutter aller Liquidität. Und wenn man hier nicht einfach mal so über die Straße gehen kann, sondern auf den nächsten Vaporetto warten muss, dann hat das seinen Preis. Selbst die vielen Kirchtürme neigen sich bedenklich, als tauchten sie gerade in ein tiefes Wellental. Warum sollte es mir anders gehen? Zuerst hatte ich den Verdacht, zuviel Chianti könnte schuld sein, dass nachts mein Bett schaukelt. Es hebt sich bis auf den Wellenkamm, dann senkt es sich wieder herab. Um sich plötzlich in die Kurve zu legen. Dann wusste ich es: Der Weg zum Lido hin und zurück, macht täglich neunzig Minuten Seefahrt über die offene Lagune. Und der Vaporetto rollt dabei wie eine liebestolle Katze hin und her. Wenn man an Land kommt, schwimmt man weiter, weil ganz Venedig schwimmt. Wenn ich hier noch etwas lerne, dann den Seemannsgang!

Als Philosoph hat Sartre natürlich sofort bemerkt, dass so viel Wasser das evolutionäre Koordinatensystem der Menschwerdung auf den Kopf stellt. Denn schließlich begann alles Leben im Wasser nicht, um für immer darin zu bleiben. Venedig begnüge sich mit der Erinnerung an sich selbst, schreibt er, und der Tourist irre ratlos in diesem Gruselkabinett umher, dessen Hauptattraktion das Wasser sei. Allerdings: Schwimmen ist anstrengend. Fast schon Arbeit. Sartre kann das wieder einmal viel besser sagen, darum sei er hier ausnahmsweise nicht bestohlen, sondern zitiert: „Das Wasser Venedigs verleiht der gesamten Stadt ganz leicht das Kolorit eines Alptraums; in Alpträumen nämlich lassen uns Werkzeuge im Stich, geht der gegen den mörderischen Irren gerichtete

Revolver nicht los, in Alpträumen fliehen wir vor einem Todfeind, der uns dicht auf den Fersen ist, und wird die Fahrbahn, wenn wir sie überqueren wollen, auf einmal weich.“

Das ist ein echter Venedig-Traum, denn wenn man hier über die Hauptstraße, den Canal Grande, zu Fuß gehen wollte, müsste man Jesus sein. Neulich haben die venezianischen Seeverkehrsbetriebe einen ganzen Tag lang gestreikt, da war Schwimmen plötzlich eine echte Alternative.

Genug vom Wasser? Finde ich auch. Aber es ist allgegenwärtig. Nicht nur in den Kanälen plätschert es beharrlich rund um die Uhr, sondern auch schwarze Wolken gießen es – Wasser zu Wasser! – hier im Übermaß herab, oder es kommt von unten, zwängt sich durch jede Steinritze bis es knapp über dem Rand jedes Gummistiefels steht. Und wenn es mal tropisch heiß wird, dann ist man selber derjenige, dem endlose Ströme von Wasser über die Haut laufen.

Wer sich hier ein bisschen mit dem Wetter auskennt, der verlässt die Wohnung niemals, ohne sie zuvor seefest zu machen. Die Verriegelung jedes Fensters prüfen, Läden vor – selbst wenn der Himmel strahlend blau ist! Eine Stunde später kann schon das Unwetter toben. Einmal vergaß ich es und hätte daraufhin beinahe Venedig-Verbot erhalten wegen fahrlässigen Aufweichens seiner historischen Bausubstanz. Und weil Venedig knapp vor dem Alpenrand vor Anker liegt – was man nur an besonders klaren Tagen sieht – sitzen die Gewitter hier in der Falle. Sind sie einmal da, bleiben sie. Im Sommer 2006 einen ganzen Monat. So zwischen Blitz, Donner und endlosen Sturzfluten kam ich mir unter dem Dach vor wie in einer nicht endenden Seeschlacht. Und dann, plötzlich eines Morgens, lag die Stadt da wie eine frisch gebadete Fata Morgana, ausgestreckt im milchigen Licht. Himmel, Wasser und Stadt schienen eins geworden, alle trennenden Grenzen waren wie von einem sanften impressionistischen Pinselstrich fortgenommen. Angesichts solcher Bilder, was macht da schon das bisschen Seekrankheit? 2010

Treppensteigen mit der Duse und Baden zwischen Bulldozern

In Venedig fühlt man sich immer auf unerklärliche Weise schlapp. Das hat schon Rilke an der Duse beobachtet, mit der er hier gemeinsam im Sommer 1912 eine Wohnung sucht. Er will mit der alternden Diva deren Comeback vorbereiten. Sie reist mit großem Gepäck, auch der junge Reinhardt-Schauspieler Alexander Moissi ist dabei. Rilke selbst wohnt als Gast in einem Palazzo der Gräfin Thurn und Taxis, der auch das Schloss in Duino gehört. Nebenbei hat er eine Affäre mit der jungen Mimi Romanelli, deren Familie am Tattere al Pontze Lungo 1471 eine Pension betreibt und die ihn ebenfalls unbedingt heiraten will. Aber Zeit für sie hat er kaum. Ganze Tage muss er die Duse durch die Stadt begleiten. Er fühlt sich damals wie in Paris, als er Sekretär bei Rodin war.

Die Duse ist unendlich anspruchsvoll, darum müssen sie viele Palazzi besichtigen und viele Treppen steigen. Die erste Treppe steigt sie wie eine Fürstin empor, die zweite schon etwas asthmatisch, die dritte kriecht sie dann schließlich, alle Würde von sich werfend, wie eine Bettlerin hinauf. Jedesmal, wenn ich meine Treppe hinaufsteige, denke ich an die Duse.

Ist die Schwerkraft hier eine andere? Immerhin, die für fahrstuhlabhängige Amerikaner unerreichbare Lage ganz oben reduziert etwas den Preis. In Berlin trainiere ich das ganze Jahr für die Treppen von Venedig. Jedesmal wieder mit dem gleichen niederschmetternden Resultat. Wie kann das sein? Lange blieb es mir ein Rätsel, bis ich einmal durch die geöffnete Tür der Wohnung unter mich blicken konnte. Eine Art Bahnhofshalle sah ich da, vier Meter hohe Decken, mindestens! Meine Dachwohnung dagegen ist wie jede Dachwohnung in der Welt gerade mal halb so hoch. Darum klettert man hier endlose Treppen bis in die vierte Etage hinauf, die anderswo schon die achte wäre.

Venedig bleibt eine unzeitgemäße Stadt: eine Mischung aus Traumgebilde und Finanzkalkül. Und doch, die Krise kommt. Zuerst, wie überall, beginnt es an den Rändern. Das sind hier Murano und der Lido. In den Austellungsräumen der Glasfabriken drängt sich niemand mehr. An manchen Schaufenstern hängen Schilder: „Wer chinesisches Glas verkauft, ist mit schuld am Untergang Muranos." Gleich daneben in einer Seitenstraße die Werbung eines „Ein-Euro-Glas"-Ladens. Der Frieden Muranos ist gestört. Auch der Geschmack der Überseekunden scheint sich geändert zu haben und Murano reagiert mit hilflosem Aktivismus. Immer mehr grellbunte Glaskitschfiguren sieht man in den Auslagen selbst der berühmten Glasmanufakturen anstelle der klassischen Motive.

Der Lido dagegen stemmt sich gegen den Niedergang. Als Badeort längst nicht mehr so gefragt wie zu Zeiten Thomas Manns, ging es in den letzten Jahren ständig bergab. Schlechte Restaurants, die wie die Touristenfallen im Zentrum Venedigs nach dem Prinzip Einmal-und-nicht-wieder funktionierten, haben den Lido in Verruf gebracht. Denn hier bleiben die Gäste entweder länger oder fahren gleich ganz woanders hin. Und die jüngeren Italiener entdecken inzwischen, dass im Ausland mehr für's Geld geboten wird. Denn wer hat Lust, 20 Euro am Tag für zwei Liegestühle und einen Sonnenschirm am Strand auszugeben, und das ist schon der Sonderpreis für die hinteren Reihen? Vor einigen Jahren notierte ich: Man sollte Pauschalreisen für Hooligans hierher veranstalten! Die Hotelstrände waren von rüden Gestalten bewacht, die wahrscheinlich wegen Trunksucht ihren Gondelführerschein verloren hatten und nun jeden Strandspaziergänger attackierten, der sich in ihr Gebiet vorwagte. Man wurde, wollte man dennoch baden, in einen winzig schmalen Streifen kommunalen Strandes gesperrt, der eigentlich eine Müllhalde war.

Das ist immerhin besser geworden. Jeden Abend haste ich zum Lido, denn man muss sich mit dem Baden beeilen, um acht Uhr kommt die schwere Technik. Ein Bulldozer und ein

Kran verwandeln den Strand in eine Großbaustelle. So wird der Müll beseitigt. Schon ansehenswert, wie hier ein Stück weggeworfenes Papier geborgen wird. Mütter ziehen ihre Kinder knapp vor den Ketten des Bulldozers zur Seite und sich zu tief in ein Buch zu vertiefen, ist lebensgefährlich.

Auch das berühmte Hotel *Des Bains*, in dem schon Thomas Mann und sein Verleger Samuel Fischer Urlaub machten, wo Visconti den *Tod in Venedig* verfilmte, wird nun umgebaut. Überall Kräne. Das ist allerdings schade. Ich bin jedes Jahr hingegangen, wenn dort – zum moderaten Preis von zwei Liegestühlen und einem Sonnenschirm – Sommerkonzerte veranstaltet wurden. Welche zauberhafte Melancholie des Verfalls! Selten habe ich ein so heruntergekommenes Hotel gesehen, in dem die Dielen einbrachen und der Putz von der Wand fiel, wo das Zimmer nach hinten heraus mehre Hunderte Euro pro Nacht kostet, das nach vorne Tausende – und das Frühstück trotzdem extra berechnet wird. Wohnen konnte ich da natürlich nie, aber allein schon zu sehen, wie unhöflich es in einem der berühmtesten Hotels der Welt zugeht, war ein Ereignis.

Ich werde auch immer mehr wie die Eingeborenen: rücksichtslos und dabei ein harmlos-desinteressiertes Gesicht machend. Denn als Fußgänger sind die Italiener wie die Autofahrer: jede Lücke wird genutzt. Ich habe es mir längst abgewohnt, in der Schlange an der Kasse bei *Billa* einen Höflichkeitsabstand zu lassen und presse jetzt, wie alle anderen, meinen Bauch in den Rücken meines Vordermannes, der, wenn ich Glück habe, keiner ist. Beim Einsteigen in den Vaporetto halte ich nun immer meine Ellenbogen heraus, weil sich sonst sofort ein halbes Dutzend alter Venezianer, von hinten kommend, mit der größten Selbstverständlichkeit an mir vorbeischiebt.

Und auch beim Müllrausstellen mogle ich, da ich morgens um sechs Uhr noch schlafe. So schleiche ich am Vorabend, was nicht erlaubt ist, mit meinen Mülltüten hinunter, hoffend, nicht Donna Leon in die Arme zu laufen, die im Namen von Ordnung und Sauberkeit durch Venedig patrouilliert. Sie hat auch einen Text geschrieben, der heißt *Venezianische Müllabfuhr* und handelt von „Sporcaccione“ (zu deutsch: „Schweineigeln“), die sich nicht an die Müll-Regeln halten. Ich komme darin zum Glück nicht vor, sondern ihre venezianischen Nachbarn, die ihre Müllbeutel nicht bloß wie ich zur Unzeit vor die Tür stellen (zur Sicherheit immer vor den Nachbareingang), sondern ihn gleich aus dem Fenster in den darunter liegenden Kanal befördern. Das würde ich selbstverständlich nie tun.

2010

Erst das *Des Bains*, dann San Michele. Die Träume dazwischen

Venedig erinnerte Thomas Mann an Lübeck, was nicht unbedingt nahe liegend scheint, jedoch von ihm selbst bezeugt ist. Aber natürlich nicht das Lübeck, aus dem er einmal fortlief, sondern an jenes, nach dem er sich lebenslang zurücksehnte: „ein ins Orientalisch-Phantastische übersetztes Lübeck". Noch in seinem kalifornischen Exil sprach er von Venedig als seiner „zweiten Heimatstadt". Es war die „Todesvornehmheit", die ihn hier faszinierte, gepaart mit jener erotischen Aufgeladenheit, wie sie das südliche Licht erzeugt. Ein Arzt riet ihm darum, Venedig, besonders den Lido zu meiden, die Reize seien zu stark für ihn. Es spricht für ihn, dass er sich nicht daran hielt. In Venedig läuft immer ein Tristan herum, der seine Isolde sucht. Übrigens ist der *Palazzo Vendramin,* in dem Richard Wagner starb, heute ein Spielcasino.

Noch vor hundert Jahren hielten die Italiener jeden Deutschen, der in ihr Land kam, für homosexuell, gewiss ein Vorurteil, obwohl sie darin im Fall Thomas Manns nicht ganz falsch lagen. Und „Berlinese" war italienisch ein Synonym für Päderasten – ich weiß nicht, ob heute noch. Thomas Mann kam nicht aus Berlin und der polnische Edelknabe Tadzio, in den sein alter ego Gustav von Aschenbach sich unsterblich – und selbstmörderisch – verliebt, ist auch schon beinahe volljährig. So wie die jungen Kellner, die ihn verzückten.

Einige nachweislich nicht homosexuelle Deutsche liebten Venedig ebenfalls. Georg Trakl ist im zeitüblichen schwarzen Badeanzug auf dem Lido anzutreffen – er war unheilvoll in die eigene Schwester verliebt. Wie er da steht mit seinen sechsundzwanzig Jahren, wirkt er durchaus trainiert, dabei besteht dieses Training nur aus Weintrinken, Drogenessen und Bordellbesuchen. Er notierte am 15. August 1913: „Am Samstag falle ich nach Venedig hinunter. Immer weiter – zu den Sternen.“ So steht er dann, wie auf jenem seltenen Dichterfoto zu sehen, am Ufer der Adria, aber im Kopf hat der nach eigener Auskunft Fallende immer nur die Sterne.

Ob er während seines zwölftägigen Aufenthalts auf dem Lido überhaupt einmal nach Venedig hinüberfuhr, ist ungewiss. Er suchte nicht das Bild der Stadt, überhaupt keine äußere Anregung für sein Schreiben. Seine todestrunkenen Gedichte konnten ebenso in Wien, Salzburg oder Innsbruck entstehen. Aus Venedig gibt es von ihm keine Mitteilungen, wen wundert es, seine Bilderwelt ist aus barockem Schwelgen in Traum und Alptraum gemacht. Sein Venedig ist innen. Und so heißt es dann in einem von ihm *Venedig* betitelten Gedicht: „Schwärzlicher Fliegenschwarm / Verdunkelt den steinernen Raum / Und es starrt von der Qual / Des goldenen Tags das Haupt / Des Heimatlosen.“

Der Verleger Samuel Fischer residierte hier samt Familie im *Hotel des Bains* – zahlreiche Autoren seines Verlages wie Arthur Schnitzler und Peter Altenberg, auch solche, die es noch werden wollten, hielten es für ratsam, ihm dahin zu folgen. Im August 1913 kommt sein neunzehnjähriger Sohn Gerhart hier an, der zuvor an der Adria gewesen war. Noch am gleichen Tag erkrankt er an Typhus. Eine Gondel bringt ihn in der Nacht ins Ospedale – kurz darauf stirbt er. Im Ospedale war man zu dieser Zeit jedes Jahr auf Hunderte Cholerakranke vorbereitet, die die fünfzig Krankensäle füllten. Viele von ihnen nahmen bald schon den kurzen Weg zur Friedhofsinsel San Michele.

Das ist einer meiner Lieblingsorte. Eine Insel, nur für die Toten? Nein, auch für die Natur. Kein Jahr, in dem ich nicht hinüber fahre und über den evangelischen und griechischen Teil der Insel gehe. Nischen im endlosen steinernen Gräberfeld. Unter hohen Büschen und Bäumen fühlt man sich plötzlich in sehr nördliche Gegenden versetzt. Jedes Jahr finde ich, was ich nicht gesucht habe, und verfehle, was ich hartnäckig suchte.

Serge Diaghilews Grabmonument auf dem griechisch-orthodoxen Teil ist restauriert worden, es blinkt so weiß, als stünde es erst seit gestern hier. Nur die Ballettschuhe auf dem Stein unter dem Baldachin scheinen immer noch dieselben wie vor Jahren. Langsam zerfallen sie hier unter aller Augen. Diaghilew starb 1929 in seinem Zimmer im obersten Stock des *Des Bains*. Auf dem Stein lese ich die Inschrift: „Venedig, ständige Anregung unserer Besänftigungen." Schön gesagt, wenn auch vielleicht eine Art Beschwörung. Denn mehr noch als um Besänftigung geht es darum, mit der inneren wie äußeren Hitze fertig zu werden. Natürlich nur im Juli und August, im Winter ist es ohnehin kalt und feucht. Wie merkwürdig, dass gerade Diaghilew, der selbst nie getanzt hat, das Ballett revolutionierte. Erst durch ihn wurde es zur ernst zu nehmenden Kunstform. Strawinsky ist nicht zu verfehlen, so wie seine Musik nicht zu überhören ist. Kräftige Kontraste, nun auch auf den beiden Grabsteinen von ihm und seiner Frau Vera. Blaue Schrift auf weißen Grund.

Ezra Pound und Joseph Brodsky finde ich in diesem Jahr nicht. Es sind schlichte Steine, an denen man leicht vorbei läuft. Und auf dem verwilderten evangelischen Teil umarmen sich Steine und Pflanzen so innig, dass der Stein von Jahr zu Jahr mehr zerbröckelt. Ein schönes Sinnbild für den Kreislauf der Natur. Was für Geschichte birgt dieser Ort! Ich denke an Pound, den amerikanischen Dichter, der Mussolini bewunderte und gern im faschistischen Italien lebte und dann nach dem Krieg von den Amerikanern wie ein Tier in einem Käfig ausgestellt wurde. Er wurde nur darum nicht zum Tode verurteilt, weil man ihn für geisteskrank erklärte und in den USA für zwölf Jahre in eine Irrenanstalt sperrte. Erst durch die Fürsprache Hemingways kam er frei und kehrte sofort nach Venedig zurück, wo er 1972 starb – die letzten Lebensjahre soll er sich geweigert haben, zu sprechen.

Joseph Brodsky, nach frühem Debüt wegen „Parasitentums" eingesperrt und dann aus der Sowjetunion ausgebürgert, starb

1996 in New York. Begraben werden wollte er hier. Und dann das schöne Grab von Erich Kuby, der 2005 hoch in den Neunzigern starb. Ein weißer Steinquader mit einem Bronzeabguss seiner Hand und dahinter wächst ein Strauch. Ich denke an seine Schilderung eines Besuchs bei Hermann Hesse 1933 in Montagnola, die in den Worten gipfelte: „beliebt ist der hier nicht“. Kuby scheint in Venedig sehr beliebt gewesen zu sein, denn im Telefonbuch für 2009 steht er immer noch.

Was für Geschichten an diesem Ort der Verborgenheiten. Ratlos stehe ich vor einer schönen klassizistischen Tafel an der Friedhofsmauer: ein Arkadienrelief. Dies ist das Grabdenkmal von Carl Filtsch, mir vollkommen unbekannt. Dazu die Lebensdaten 1830-1845 und eine Inschrift, die anhebt: *Der Künstler schläft. Es ruhn die treuen Hände.* Wer baut einem Fünfzehnjährigen solche Denkmäler? Im Internet finde ich heraus, dass dies der Lieblingsschüler Chopins war, von dem damals das ganze musikalische Europa sprach; ein Wunderpianist und mehr noch: seine erhaltenen Kompositionen gelten noch heute als außergewöhnlich. Die letzte des Tuberkulosekranken hieß: *Lebewohl von Venedig.*

Zum ersten Mal fällt mir heute ein mit Zeitungsausschnitten in Folie geschmücktes Grab auf. Hier ist Helinio Herrera begraben, ein Argentinier, der in den 60er Jahren Trainer bei Inter Mailand war und auf seine Art den Fußball revolutionierte, indem er ihn effektiv und unansehnlich gemacht hat. Er gilt als der Erfinder des „Caternaccios“, des Kaputtmachens des gegnerischen Spiels. Seine Spieler nannten ihn „Sklaventreiber“ und Experten sprachen vom „Totengräber des Fußballs“. Aber seine Logik, dass man ein Spiel nicht gewinnt, wenn man mehr Tore als der Gegner schießt, sondern dann, wenn man weniger als dieser kassiert – sie hat etwas Bezwingendes. Vielleicht darum dennoch die Blumen.

Um kurz vor 18 Uhr gehe ich zum Ausgang, denn dann werden pünktlich die Tore geschlossen und die Vaporettos halten an der Insel nicht mehr. Ich eile.

2010

Von Baustelle zu Baustelle

Diese Wohnung ist eine Kostbarkeit. Von der Terrasse aus sieht man die Zinnen des *Ca' d' Oro* und hört die Glocken des Markusdoms. Sie liegt im Dachgeschoss, davor öffnet sich ein ruhiger Hof, ein Refugium neben der lärmenden Strada Nuova. Diese führt von der Piazzale Roma, dem Bahnhof, bis hinunter zum Markusplatz. Es gab ehrgeizige Zeiten, da man Überlegungen anstellte, ob man diese „Hauptstraße" nicht für den Autoverkehr ausbauen könne. Aber glücklicherweise siegten die Traditionalisten – und die vielen kleinen Brücken mit ihren unzähligen Stufen.

Gleich bei meiner Ankunft betrete ich voller Wiedersehensfreude die Terrasse und ahne schon, dass das eine allzu falsche Vertraulichkeit dieser tückischen Stadt gegenüber sein könnte. Und tatsächlich: überall Baugerüste. Der Horizont verhängt mit weißen Tüchern. Vor mir wächst, mitten aus dem Dach, ein aus rohem Holz gezimmerter Bauleiterhochstand. Wenn ich mich mit Venedigs Bauarbeitern verbrüdern wollte, wäre das hier die Gelegenheit. Ein Flaschenzug hängt gleich über den Geranientöpfen, mein ruhiger Hof ist voller abgeschlagenem Putz, Betonmischer, Schubkarren, Presslufthammer, Kreissägen. Es ist alles da, was man braucht, um gegen die Stille des Verfalls anzulärmen. Meine Vermieterin, eine freundlich lächelnde Venezianerin, freut sich auf unschuldigste Weise, dass ich wieder da bin samt Computer und Bücherstapeln. Dass ich nun auf der Stelle wieder weg will, wo es mir hier im letzten Jahr doch so gut gefallen hat, versteht sie nicht. Wie kann man nur so empfindlich sein, gebaut wird doch überall, auch in Berlino oder nicht? Gegen diese Logik ist schwer zu argumentieren.

Also der Umzug noch vor dem Einzug. Es gibt eine andere Wohnung, zum Glück. Sie liegt am Arsenale, dem alten Venezianischen Flottenstützpunkt mit hohen Mauern. An der Ramo de la tana steht mein kleines Haus an einem für venezianische Verhältnisse gar nicht so kleinen Kanal. Vorn gibt es Kanalblick, hinten Gartenaussicht. Im Haus gegenüber auf der anderen Kanalseite wohnen lauter alte Männer, die wegen der Hitze nur in Unterhosen in ihren Wohnungen herumlaufen und vermutlich das gleiche über mich zu berichten haben. Es ist eines dieser venezianischen Wohnviertel, wo man sich ab zehn Uhr abends nur noch flüsternd verständigt und dafür morgens spätestens ab sechs Uhr seine Stimme ebenso wie die Lautsprecher der Fernseher trainiert. Darin zeigt sich Venedig als winklige Kleinstadt und jeder, der hier wohnt, wird sofort zu dem hier herrschenden Rhythmus verknechtet. Aber wenn man sich unterwirft, hat man seine Ruhe – das ist ein wenig so wie in der DDR.

Gestern kam ein Boot, das lange Holzpfähle geladen hatte und sie mit einem Krahn, den es wie einen Arm ausfuhr, umständlich ins Wasser hievte. Dieser Krahnarm war zugleich ein spezielles Schüttel- und Schlaginstrument und so wurden zwei Pfähle direkt unter meinem Fenster in den Kanalgrund gebohrt. Das dauerte von acht Uhr morgens bis sechs Uhr abends und alle alten Männer der Straße lagen quasi nackt in ihren Fenstern und sahen zu. Auch ich sprang alle zehn Minuten auf, zum einem, um nachzusehen, ob die nicht aufhörenden Donnerschläge am Kanalgrund, die bedrohlich durch das Haus vibrierten, den baldigen Abschluss der Arbeiten erhoffen ließen, zum anderen, weil es tatsächlich interessant war. Es fehlte nicht viel, und ich hätte mir ein Kissen ins Fenster gelegt. – Einige Tage lang foltert nun schon die Idylle mit schwüler Hitze. Irgend etwas liegt in der Luft, das spüre ich, es ist so ungewöhnlich still. Und dann die Erlösung aus der Ungewissheit: eines Morgens, sehr früh wie alles hier, dringen laute Männerstimmen durch den Garten, der vertraut metallene Klang von abgeladenen Gerüsten gibt meiner von mir schnöde verlassenen Vermieterin recht: gebaut wird schließlich überall.

2011

Die Familie ist immer dabei

Man muss vorsichtig sein im Verbreiten von Wahrheiten. Vor einiger Zeit las ich, dass der Autor Klaus Bötig sich in Athen vor Gericht verantworten soll, weil er die Griechen ein „sympathisches Völkchen" genannt hat. Bötig ist Ehrenbürger auf der Insel Kos und schreibt seit dreißig Jahren über Griechenland – half ihm alles nichts. Darf man die Griechen nicht mehr sympathisch finden? Doch, aber nicht sie ein „Völkchen" nennen, das ist eine unzulässige Ironisierung des Griechentums. Jedenfalls traut sich Bötig nun nicht mehr nach Griechenland, weil er nicht weiß, ob die sich in ihrer Ehre verletzt fühlenden Griechen ihn nicht schon mit einem Haftbefehl am Flughafen erwarten.

Ich traue mich noch nach Venedig. Warum auch nicht, ich habe die Venezianer nicht „sympathisch" genannt, auch nicht „Völkchen". Denn beides sind sie eher nicht. Die Italiener sind klug, sie glauben weder an den Staat, noch an die Politik, jedenfalls seit Mussolini nicht mehr. An die Demokratie glauben sie auch eher so wie an die katholische Kirche. Je nach Wetter also. Sie glauben nur an eines: die Familie. Das ist doch schon mal was. Jeder weiß, dass die italienische Staatsverschuldung mindestens drei mal so hoch ist wie die Griechenlands. Und wenn etwas den sofortigen Bankrott Italiens noch verhindert, dann sind es die italienischen Familien. Die sparen nämlich, legen ihr Geld nicht in irgendwelchen Derivaten an, sondern lassen es in der Familie zirkulieren.

Die entwickeltste Form der Familie in Italien ist die Mafia. Ganz so optimistisch sollte man dann vielleicht doch nicht sein. Den italienischen Zahlen, auch den alarmierendsten, ist noch viel weniger zu trauen als griechischen. So ist mein Wohnungsvermittlungsbüro hier in Venedig vor kurzem umgezogen, weil die Miete für das bisherige sich allzu phantasievoll zu entwickeln begann. Nein, nicht die offizielle Miete, aber die inoffizielle, die große Dunkelziffer im Zahlungsverkehr, auf deren erfolgreiche Verschleierung man hier seit je her größten Erfindungsreichtum verwendet.

Es gibt Preise für Venezianer und Festlandbewohner, für Italiener und Ausländer, Preise für Barzahler und Kontoabbucher. Mit dem Schwarzgeld ist das wie mit dem Müll in Neapel – der Staat fährt schweres Geschütz auf und das Chaos wächst weiter. Wenn man sich auf der Straße ein Eis kauft, oder Obst auf dem Markt, bekommt man einen Kassenzettel, das ist hier Vorschrift. Diesen Kassenzettel muss man auch mehrere hundert Meter vom Ort des Einkaufs noch vorweisen können. Hilft das? Ja, es stärkt das Virtuosentum aller Beteiligten im Umgang mit Zahlen, aber mehr Einnahmen bringt es seltsamerweise nicht.

Manchmal sind die Venezianer sogar freundlich, so verdächtig wohlgelaunt wie Geier in der Wüste, die verirrte Wanderer entdeckt haben. Das sind dann die kurzen Augenblicke, wo sie sich nicht sicher sind, ob sie in mir nicht vielleicht doch einen Russen oder einen Amerikaner vor sich haben – die Hoffnung, ein Japaner zu sein, konnte ich leider nie wecken. Das sind in allen Osterien, Trattorien und Pizzerien Venedigs die liebsten Gäste. Aber dann bestelle ich eine nicht gerade günstige aber dennoch schlichte Pizza oder ausnahmsweise das Tagesgericht, einen Viertel Hauswein und Wasser. Und schon blickt mich der Kellner wie einen Betrüger, einen Schnorrer an, lässt enttäuscht die Weinkarte mit seinen Empfehlungen sinken und würdigt mich fortan keines Blickes, erst recht keines Wortes mehr.

Die frutta di mare oder Hummer zum Brunello muss er nun woanders loswerden und wird es auch, denn schon am Nebentisch sitzen garantiert zahlungskräftige Opfer aus Texas oder Dnjepropetrowsk, die einen Gang nach dem anderen bestellen – und sich selbst hinterher über die Rechnung, die ich eher für einen Beitrag zur Astronomie statt zur Gastronomie halten würde, nicht beschweren. 2011

Venedig ist kein Fisch. Ein Schauspieler spielt vor

Ist Venedig ein Fisch? Nach dem Umriss, den es auf der Karte zeigt, durchaus. Diese Fisch-Assoziation ist jedoch nicht von mir, sondern die habe ich mir angelesen, wie ich überhaupt den Großteil des Winters damit verbracht habe, meine venezianischen Impressionen bildungsbürgerlich aufzurüsten – das heißt durch gestohlenes Wissen glaubwürdiger zu machen. Mit sehr unterschiedlichen Resultaten.

Das derzeit mit Abstand erfolgreichste Buch über Venedig stammt von Tiziano Scarpa und heißt *Venedig ist ein Fisch*. Es liegt, natürlich in der italienischen Originalausgabe mit dem Titel *In gita a Venezia con Tiziano Scarpa* im einzigen guten Buchladen, den ich in Venedig kenne, nahe dem Ospedale, gut platziert im Schaufenster. Dort hat sich seit einem Jahr so gut wie nichts verändert, was beweist, dass es wirklich ein guter Buchladen ist.

Tiziano Scarpa ist ein geborener Venezianer – das zeigt sich an seiner Geschäftstüchtigkeit. Er hat auch eine Marktlücke entdeckt: Die Stadt erscheint bei ihm als Softdrink, der immerzu ruft: bitte trink mich, ich bestehe aus sehr gesunden Zutaten und bin ganz ungefährlich. Weil so was mitten aus dem zeitgeistigen Bauch von Venedig kommt, ist es im Moment absolut erfolgreich – als romantisches Klistier für Venedigreisende auf der Suche nach heiler Welt von gestern. Wellness für die Seele, die Stadt zum Entspannen! Zum Hirnerweichen, aber wen stört das? Italienspezialist Wagenbach druckt eine Auflage nach der anderen.

Worum es geht: Venedig anfassen! Das Buch ist in Kapitel unterteilt, die lauten: Füße, Beine, Herz, Ohren, Nase, Hände … Kostprobe aus dem Kapitel Hände: „Du möchtest Venedig berühren, ganz spontan. Es anfassen, steicheln, zwicken, betasten, kneifen. An Venedig darfst du ruhig Hand anlegen.“ Na schön: „Du reibst dich an den abbröselnden Mauern, den porösen Ziegeln voller Ritzen … An den fondamente hebst du neugierig schwere Ringe an, die am Boden festhängen und ins Pflaster eingelassen sind … Versuche auch, die runden Brunnen zu umarmen, auf denen Bronzedeckel liegen. Wenn du Schlagzeug spielst, mußt du den Brunnendeckel auf dem Campo San Silvestro ausprobieren …" Was ist das? Ein psychedelischer Trip, Venedig für Betrunkene? Und so geht das über hundert Seiten lang im derzeit angesagtesten Venedig-Buch. Ehrlich gesagt, ich möchte Venedig lieber nicht anfassen, jedenfalls nicht immer und nicht überall. Und ich möchte von Venedig – oder Scarpia beim Wort nehmenden Lesern – auch nicht angefasst werden.

Bücher allein machen also auch nicht klüger, es sei denn, man liest die richtigen. Apropos Venedig für Betrunkene. Der Schauspieler Ulrich Tukur hat auch ein Venedigbuch geschrieben, es heißt *Die Seerose im Speisesaal* und das ist das Beste, was in letzter Zeit über diese Untergeher-Stadt geschrieben wurde. Darin kommen auch viele Betrunkene vor, darunter er selbst, aber das Buch ist dabei von einer wunderbaren Nüchternheit im Durchwandern jener surrealen Grenzgebiete von Traum und Realität, wegen derer man diese Stadt lieben muss. Tukur besitzt den Blick für das Absurd-Komische im Ernst-Feierlichen, das Venedig immer dann anhaftet, wenn es allzu angestrengt seine große Vergangenheit beschwört. Über eine auserlesene Tischgesellschaft, zu der er geladen ist, lesen wir: „Wie edle, vom Aussterben bedrohte Hühner auf der Stange reihten sich Architekten, Rechtsanwälte, Schriftstellerinnen, Industrielle, Kunsthistoriker, Maler, Komponisten, Professoren, Ehefrauen und Geliebte aneinander, schließlich saß da auch der Conte V., etwas untersetzt, mit kurzgeschorenem Haar und imposantem grauen Vollbart und unterhielt sich mit einer großen, sehr blonden Schönheit, wie man sie gerne im italienischen Fernsehen von Quizshows bis zum Wetterbericht einsetzt und deren hervorstechendes Merkmal ein riesiges, makelloses Gebiss hinter aufgespritzten Lippen ist." Berlusconis

Italien ist überall, nicht nur, wenn man den Fernseher anschaltet (was hier grundsätzlich immer ein Fehler ist) und erstaunt feststellt, dass aus den drei Rai-Programmen, die man erinnert, inzwischen ungefähr hundert geworden sind, die alle nur dasselbe schrille Geräusch produzieren.

In Venedig kennt quasi jeder jeden. Tukur kennt mich nicht, aber ich kenne ihn, seit ich im Frühsommer 2005 eine Wohnung auf der Giudecca, der langgestreckten Insel mit der großen Pest-Kirche Redentore darauf, gemietet hatte. Zwei Häuser neben mir wohnte Tukur, der hier seit Ende der 90er Jahre ein Haus besitzt, was für Ausländer nicht unbedingt ratsam ist, denn die Venezianer zeigen sich in der Regel wenig freundlich Wohneigentum erwerbenden Ausländern gegenüber, wozu sie auch einigen Grund haben.

Tukur aber hatte ein Alibi, fast schon eine Empfehlung: bereits sein Großvater lebte als ein anerkannter Maler in Venedig, so anerkannt, dass sogar im Büro des Immobilienmaklers eine Stadtansicht von ihm hing, was Tukur nun zum geduldeten Wahl-Venezianer macht. Nach einigen Tagen musste ich damals die Giudecca-Wohnung fluchtartig verlassen, nicht wegen Tukur, sondern, weil die Uferbefestigung vor den Häusern gerade erneuert wurde und zu diesem Zweck direkt vor meinem Fenster eine große Pumpe Tag und Nacht arbeitete.

Ein bisschen vielleicht auch wegen Tukur. Eines Tages, es war höchstens später Mittag, standen einige angetrunkene Herren auf der schmalen Promenade, versperrten mir den Weg, redeten und gestikulierten wild. Tukur brüllte dabei mehrfach die bühnenreifen Sätze: „X ist so ein Arsch …"

Irgendwann gaben sie den Weg frei, aber diese Sätze höre ich nun immer, wenn ich in einem Film Tukur sehe und er darin so wohltemperiert und fast flüsternd Nuancen in der Betonung austastet.

Wer X ist, verrate ich aber nicht.

2011

Ein schwimmender Zoo

Venedig ist eine Stadt der Hunde geworden. Das fällt mir zum ersten Mal auf. Hat es die Serenissima versäumt, eine Hundesteuer zu erheben? Die Stadtreinigung jedenfalls scheint von den vielen Hundehaufen in den engen dunklen Gassen ebenso überfordert wie in Berlin.

Eigentlich aber ist Venedig eine Stadt der Katzen. Tiziano Scarpa in *Venedig ist ein Fisch* schreibt: „Streichle verschmuste Katzen." Nur sieht man gar keine Katzen. Denn die klassische Venedig-Katze ist eine Dächerkatze. Manche sagen, dass sie ihr ganzes Leben dort verbringen und sich von Eidechsen und viel frischer Luft ernähren.

Vor einigen Jahren traf ich regelmäßig eine solche Katze auf meiner Dachterrasse. Ein wilder Nahkampf-Tiger, der, wenn ich versucht hätte, ihn zu streicheln, mir, ohne mit einem Haar seines buschigen Allwetterfells zu zucken, mehr als bloß einen Finger abgebissen hätte.

Vor allem aber ist Venedig eine Stadt der Ratten. Aus meinem Fenster an der Ponte de la Tana sehe ich jeden Abend um dieselbe Zeit eine große schwarze Ratte immer denselben Weg auf der Promenade gehen, klug jede Deckung im Gelände ausnutzend. Ratten sind pünktliche und saubere Gewohnheitstiere, die das milde Klima in Italien lieben. Darin sind sie wie wir Deutschen. Unvergessen: In San Remo mitten auf der belebten Uferpromenade lehnte ich mich einmal an eine Palme um den Abendwind und den Blick auf das Meer zu genießen – bis ich merkte, dass einen Meter über mir bestimmt ein Dutzend Ratten das gleiche taten. Ratten sind aber auch wieder anders als wir Deutschen: sie sind lernfähig. Ich will ja nicht sagen, dass ich mich hier in Venedig einmal mit einer Ratte angefreundet habe, das wäre übertrieben. Aber vor einigen Jahren war es fast soweit. Immer, wenn ich abends vom Lido zurückkam, saß eine ramponierte Ratte, der fast das halbe Fell fehlte, in einer Gasse gleich neben dem Dogenpalast auf einem Mauervorsprung und sah mich erwartungsvoll an. Jedesmal ging ich einen Schritt näher heran, sie erkannte mich ohne Zweifel. Irgendwann freute ich mich fast schon auf die Begegnung. In diesem Jahr gehe ich einen anderen Weg, aber ich habe doch ein schlechtes Gewissen, dass ich die Ratte in ihrem Mauervorsprung nicht besuche.

Und noch etwas gibt es in meinem Kanal vor dem Fenster: Quallen! Große und kleine Feuerquallen, die von der Lagune zumindest hierher bis zum Arsenale heraufschwimmen. Die größte von ihnen sah aus wie ein rotgeränderter Lampenschirm. Feuerquallen sind anders als Ohrenquallen kräftige Selbstschwimmer, die auch gegen die Strömung ankommen. Die Lampenschirmqualle schwamm nicht weit entfernt von einer Damenhandtasche, die offensichtlich leer war. Das zu Tiziano Scarpas Empfehlung, dass man in Venedig ruhig einmal zur Nachtzeit allein durch die Gassen laufen solle. Wem man da alles begegnen kann? Ich habe nicht nur Bücher zur Venedig-Vorbereitung gelesen, auch Filme gesehen. Da ist zum Beispiel *Paganini Horror – Der Blutgeiger von Venedig* (erst ab achtzehn zugelassen) oder *Nosferatu in Venedig*. Weniger blutig verspricht *Emanuelle in Venedig* zu werden. Erinnert sich noch jemand an diese Form von filmischer Erotik im Zustand der medialen Unschuld? Auch Stasi-Filmer Henckel von Donnersmarck (*Das Leben der anderen*), der es in Hollywood offensichtlich schwer hat, drehte seinen Film *Der Tourist* in Venedig. Als Hauptdarsteller Johnny Depp im Interview gefragt wurde, wie er den fertigen Film denn finde, antwortete er lakonisch, keine Ahnung, den habe er nie gesehen. Ich auch nicht.

Das Feuerquallen-in-Venedig-Erlebnis hat mich nachdenklich gemacht. Auf dem Lido stoße ich ständig mit ihnen zusammen, Kinder, die sich verbrannt haben, schreien und die Badenden zeigen sich ihre roten Striemen am Körper. Das gehört hier zum Lokal-Kolorit. Aber den Film *Der weiße Hai in Venedig* tat ich bislang als pure Phantasie ab. Vielleicht etwas zu voreilig? Bei Weiße-Hai-Filmspezialisten kam dieses Machwerk übrigens gar nicht gut an. Die einhellige Meinung war, der Hai, der da in den Kanälen sein Unwesen treibe, sehe aus wie ein tollwütiger Goldfisch. Vielleicht handelt es sich dabei um einen speziellen Venedig-Hai? Jedenfalls suche ich nun immer mit den Augen die Kanäle ab, ob ich irgendwo eine dreieckige Rückenflosse entdecke. Sicher ist sicher.

Venedig ein Hai? Der erste weibliche Gondoliere in Venedig, so las man vor einem Jahr, heiße Alexandra Hai und sei eine Deutsche. So einfach ist das aber nicht in Venedig. Fünfmal ließen sie die Prüfer der Gondoliere-Innung durchfallen.

2011

Die Biennale ohne mich

Riesige Kreuzfahrtschiffe schieben sich von rechts nach links durchs Stadtbild. Sie sehen alle aus wie in Manhattan oder Marzahn vom Anker gerissene Hochhäuser, die nun wie orientierungslose Zivilisationstrümmer übers Meer treiben. Nicht schön, aber eindrucksvoll der Kontrast zur seit Jahrhunderten ewiggleichen Stadtsilhouette Venedigs.

Man weiß, sieht man diese monströsen Schiffe, dass man sich hier auf offener See befindet – und Venedig als Insel gebaut wurde, um unerreichbar für fremde Eindringlinge zu sein. Das gelang für lange Zeit, aber dann wurde erst ein Damm für die Eisenbahn gebaut, später kamen der Strom und frisches Wasser aus der Festlandsleitung – und nun hatte die Welt diese durch Eigensinn so lange erfolgreiche Insel doch besiegt. Was bleibt, ist eine Stadt als schwimmendes Museum, auf dem jedes Jahr so viele Millionen Besuchern anlanden, dass es unter dem Gewicht gleich noch einige Zentimeter tiefer in der Lagune versinkt.

Aber Venedig mit seiner Restbevölkerung zumeist fortgeschrittenen Alters wehrt sich. Familien mit Kindern leben ohnehin kaum noch hier. Sie ziehen alle nach Mestre, wo es Industrie und Straßen für Autos gibt. Venedig wehrt sich durch überhöhte Preise, Unfreundlichkeit, schlechte Gaststätten – und Baulärm. In jedem Venezianer steckt ein Hobbyhandwerker, der ein Arsenal von Schleif- und Bohrmaschinen besitzt. Wahrscheinlich ist das nicht einmal böser Wille, sondern ebenso notwendig wie rostklopfende Matrosen auf einem Schiff. Denn das ist Venedig vor allem: ein Schiff, das seit fast tausend Jahren vor Anker liegt.

Da passt es, dass ich neben dem Arsenale wohne, einem der ältesten Industriegebiete Europas. Hier wurde die venezianische Flotte gebaut, jene Galeeren, mit denen Venedig jahrhundertelang seine Seeherrschaft sicherte. Es gab bereits Taktstraßen für Tausende Arbeiter. Von meinem Fenster aus sehe ich jenes lange mittelalterliche Gebäude, in dem Seile – tana – gefertigt wurden. Das Gebäude ist so lang, weil man die Schiffstaue schließlich nicht in aufgerolltem Zustand fertigen konnte. Den ersten bildmächtigen Eindruck von Venedigs Seeflotte hat mir Hannes Hegen mit seinen *Mosaiks* gegeben, als er Ritter Runkel und die Digedags nach Venedig kommen ließ. Darin war die DDR hochgradig bildungsbürgerlich – und noch dazu in Form eines Comics!

Das Arsenale gehört heute der italienischen Marine und damit wohl auch der NATO. Rechts von meinem Fenster zieht sich die lange mittelalterliche Außenmauer, links, zur Lagune hin liegt ein riesiger hässlicher Betonklotz, den man ohne zu zögern als Bunker ansprechen darf. Was da drin ist, weiß keiner. Alle zwei Jahre öffnet der historische Teil des Arsenals und die Biennale zieht ein. Da gehe ich nun täglich vorbei. Man kann nicht gerade sagen, dass Massen hierher strömen. Es tröpfelt eher.

Seit 1895 gibt es die Biennale und seit mindestens einem halben Jahrhundert feiert sich hier die Popart selbst. In meiner Wohnung liegen einige Kataloge aus verschiedenen Jahrzehnten – das hier Ausgestellte sieht irgendwie immer gleich aus. Multimediale Installationen – immerhin schon fast ein Menschenalter lang. Unter dem Aspekt des technischen Fortschritts könnte das interessant werden – unter künstlerischem eher nicht. Vor einigen Jahren sah man vom Vaporetto aus eine hohe neonlichtartig flackernde Stele als Biennale-Wahrzeichen am Ufer der Gardini stehen. Es war ein Sommer, in dem ein Gewitter auf das andere folgte. Irgendwann erwischte es auch diese nervige Säule. Das war dann endlich mal eine „Kunstaktion", die sich sehen lassen konnte.

Ich blicke durch den offenen Eingangsbogen eines Arsenale-Nebengebäudes und denke, da geht's wohl zur Berliner Volksbühne. Fröhlich bunter Jahrmarkt vorn, Tristesse dahinter. Der Eintritt kostet 20 Euro für Nichtvenezianer, Einheimische zahlen vier Euro weniger (das sollte man in Berlin auch einführen!), werden aber kaum gesichtet. Im Preis ist auch der Ausstellungsteil in den Gardini enthalten, im deutschen Pavillon hat man ein Bühnenbild von Christoph Schlingensief aufgebaut, im Nebenraum gibt es Ausschnitte seiner Filme.

Da ich sein Frühwerk *Kettensägenmassaker* bereits kenne und mir zwanzig Euro für noch so viel abgesägte Gliedmaßen doch etwas übertrieben erscheinen, gehe ich von dem Geld lieber essen. Natürlich im Bewusstsein ein (Pop)Kunstbanause zu sein. Mit meinem Übertritt zum Katholizismus lasse ich mir auch noch Zeit. Der selige Christoph, den ich als fröhlich-harmlosen Jungen aus der westdeutschen Provinz kennenlernte und der lange etwas schlichte Vorstellungen ebenso von Provokation wie von Theater hatte, bis er sein Sterben auf schockierende Weise selbst auf die Bühne hob, möge es mir verzeihen.

2011

„Inkommensurable Wesen“, der Tod und andere Begegnungen

Ich finde, ich habe lange nichts mehr zu Tiziano Scarpas *Venedig ist ein Fisch* gesagt. Dieser Brunnen-Umarmer preist nämlich Venedig als Stadt der Liebe. Hat er da vielleicht etwas verwechselt? „Verliebt man sich in Venedig leichter als anderswo? … Stimmt es, dass man sich in Venedig unter freiem Himmel liebt, in jeder Straßenecke?“ Was Sie schon immer über Venedig wissen wollten, aber nie zu fragen gewagt haben.

Bevor sich nun Voyeure aus aller Welt auf nach Venedig machen, um dort Liebe auf der Freiluftbühne zu erleben, sei gesagt: Scarpa hat recht, aber nur, wenn man für Liebe Tod einsetzt. Psychologen haben dafür sogar ein Wort erfunden: „Venedig-Syndrom“. Selbstmörder kommen bevorzugt nach Venedig. Es gibt etwas, das einem hier gleichsam immer voranstirbt – in aller Schönheit. Hier liegt alles ganz offen und klar und bleibt trotzdem völlig undurchsichtig.

Das ganze Jahr über habe ich mit dem Tod nichts zu tun und hier stoße ich ständig auf ihn. Das ist auf provozierende Weise merkwürdig. Oder erwartet man ihn hier immer, ruft ihn gleichsam herbei? Und dann legt nicht das erwartete Wassertaxi neben einem an, sondern ein dunkler „trasporto funebre“. Zu wem will der denn?, springt da sofort etwas hysterisch in einem auf.

Ein Mal saß ich hoch oben in meiner Wohnung am Computer und schrieb, in einiger Entfernung ragte die Rückseite jenes Flügels vom Ospedale auf, der jetzt gerade abgerissen wird. Eine bepflanzte Terrasse war ausschnittweise zu sehen, die ich bis dahin nur menschenleer kannte. Da nahm ich die Silhouette eines Mannes wahr, der zu mir zu blicken schien. Ich schrieb etwas zu Ende. Als ich wieder aufsah setzte gegenüber hektische Bewegung ein. Weiße Kittel knieten nieder und standen auf, jemand lag am Boden. Alles drehte sich um ihn, zwei, drei Minuten lang, dann trat Stille ein. Eine Bahre wurde gebracht, zwei Mann trugen den Liegenden davon, ein dritter sammelte den Müll auf, den der Notfall produziert hatte. Ein Mensch war gestorben und ich der Zeuge seines letzten Augenblicks.

Es klingelt um vier Uhr früh an der Tür. Ich erwarte niemanden, erst recht nicht um diese Zeit. Selbst für die Müllabfuhr dieser notorischen Frühaufsteherstadt ist es noch zu zeitig. Nach wenigen Minuten gehe ich dann doch ins vordere Zimmer und öffne die Fensterläden. Draußen herrscht ungewöhnlicher Betrieb, einige Leute stehen am Kanal, das kreisende Blaulicht eines Polizeibootes gibt dem Ganzen den Charakter einer schlecht ausgeleuchteten Kulisse. In dem Moment kommt auch das Sanitätsboot. An dessen Spitze steht jemand mit einer ausgebreiteten goldschimmernden Folie, die wie eine Fahne im Fahrtwind flattert. Das erinnert mich an Fortinbras in Heiner Müllers *Hamlet/Hamletmaschine*, den Bühnenbildner Wolfgang Utzt mit eben solcher Goldfolie symbolisierte. Hat sie also auch einen ganz praktischen Zweck.

Rilke kam immer wieder nach Venedig, war von dem „inkommensurablen Wesen“ dieser Stadt fasziniert. „Es rauscht jetzt von jenen jungen Toten zu dir“, heißt es in der ersten Duineser Elegie. Aber gestorben wird eben nicht nur in Venedig. Daran erinnert mich die Anfrage einer Theaterzeitschrift, die mich hier erreicht. Ob ich den Nachruf auf Maria Kwiatkowsky schreiben könne. Das sind dann Nachrichten wie aus einem parallelen Universum. Man versteht erst nicht, was überhaupt gemeint ist. Ich hatte im letzten Frühjahr ein Porträt der jungen Volksbühnenschauspielerin geschrieben, war bei ihr zu Hause in der Berliner Torstraße gewesen, in einer riesigen dunklen Wohnung: „Ick kriege hier noch Depressionen“, hatte sie gesagt und versucht, uns einen Milchkaffee zu machen, mit halbem Erfolg. „Is doch auch so ganz lecker, nich?“ fragte sie fast ängstlich. Ja, klar. Wir sprachen über

Werner Schröter, der bereits todkrank an der Volksbühne *Quai West* inszenierte und über Castorfs *Drei Schwestern*, da würde sie mitspielen.

Auf dem Ofen lag der silberne Leopard, den sie auf dem Filmfest in Locarno gewonnen hatte. Sie hatte die Füße mitsamt Stiefeln auf den Couchtisch geknallt, rauchte und redete. Sie sah sehr schmal und irgendwie verschattet aus, war wegen Brandstiftung vorbestraft. Die Nerven, sagte sie. Da war alles zuviel gewesen. Sie hatte einen starken Ausdruck, aber wenig oder eher gar keine Technik. Eine gefährliche Mischung, wenn man das Spiel zum Beruf macht. Ich weiß nicht, ob sie die immer nervige Volksbühne, wo man zu oft nach dem Erschöpfungsprinzip arbeitet, so überanstrengt hat, oder der Dreh mit Mario Adorf, von dem sie gerade kam, oder ob es einfach Schicksal war: ihr Herz blieb mit sechsundzwanzig Jahren plötzlich stehen.

Das letzte Mal sah ich sie in *Der Kaufmann von Berlin*. In der Pause war ein Großteil des Publikums in den vorderen Reihen gegangen und ich näher an die Bühne gerückt. Im Schlussapplaus erkannte sie mich und lachte zu mir hinunter. So strahlend und ungeschützt. Adieu!

2011

Die Kunst des Bettelns. Der Auftritt der Chinesen

Man glaubt es erst nicht: die Chinesen erobern Venedig! Auf Murano stöhnt man schon lange über die billigen Imitate, die es sogar auf der alten Glasbläserinsel selbst zu kaufen gibt. Sieht fast so aus wie venezianisch und kostet nur einen Bruchteil. Was will der normale Kunde mehr? Und Venedig ist schließlich mit schuld daran, dass Qualität nichts ist, was man in dieser Stadt sucht. Der schöne Schein ist Kopie. Das kennt man hier doch, nicht erst seit der Campanile 1902 einstürzte und blitzartig wieder neu aufgebaut wurde, damit das Bild vom Markusplatz stimmt. Lange glaubte man hier, die Touristen fest in der Hand zu haben, aber nun zeigt sich: die Touristen haben Venedig fest im Griff!

Die Via Garibaldi ist das einzige Stück Boulevard in Venedig. Napoleon sei Dank. Der ließ hier nicht nur massenhaft Kirchen abreißen, sondern auch Kanäle zuschütten (das ist der Fortschritt). Nun kann man hier auf einigen hundert Metern erproben, wie das in anderen Städten so ist. Man schlendert, man flaniert, man marschiert in ganzer Breite über den Boulevard. Tische stehen vor den Restaurants, es könnte in Venedig so sein wie überall, wenn Napoleon nur ein paar Jahre mehr Zeit gehabt hätte.

Aber nun kommen die Chinesen. Die ersten drei Restaurants zur Lagune hin werden bereits chinesisch bewirtschaftet. Es gibt dort keine chinesischen Gerichte, sondern Pizza und Pasta! So langsam werden die Venezianer nervös angesichts dieser Asiaten, die so ganz das Gegenteil von ihnen sind: still, fleißig und freundlich. Und viel preiswerter! Wenn das kein Modell für die Welt von Morgen ist. Das Heute sieht eben doch noch anders aus. Unten in meinem Haus hat sich ein Skatclub eingemietet mit lauter älteren Herren. Im Schaufenster versammeln sich die verschiedensten Pokale. Vor vierzig Jahren gewann man Fußballturniere und bekam original

Murano-Glas mit Gravur. Jetzt begnügt man sich mit Kartenspielen und das Glas sieht auch ziemlich chinesisch aus. Hauptsache siegen! An jedem Nachmittag hört man die lauten Stimmen der Altherrenriege, pünktlich abends um acht Uhr wird das Gitter heruntergelassen, dann geht man nach Hause. Neulich gab es Streit. Da standen dann lauter in sich verbissene Mitsiebziger mit hochroten Köpfen unter meinem Fenster, dass ich schon fürchtete, es könnte leicht den nächsten Todesfall für meine Kolumne geben.

Auf der Brücke sieht man immer die gleichen Paare und Passanten, was merkwürdig ist, weil doch hier vor allem Touristen vermutet werden. Aber das hier ist so etwas wie der Bühneneingang zur Via Garibaldi, hier geht lang, wer zu tun hat. Immer zur gleichen Zeit kommen zwei ältere Zigeuner, in weißen Hemden, schwarzen Hosen und glänzenden Schuhen, die mit ihren Akkordeons zur Arbeit vor den Straßencafés gehen. Ich gebe immer Geld, weil ich den Eindruck habe, diese Musikanten gehören in Venedig zu den wenigen, die gern arbeiten. Neulich gab es lautes Getrampel auf der Brücke, ich stürzte zum Fenster und sah zwei Polizisten, die sich die Seiten hielten und tiefatmend auf ihre Schlagstöcke stützten. Wen sie da verfolgten, sah ich nicht mehr, ich muss auch mehr trainieren, man verpasst sonst immer das beste. Die Verfolgung wurde abgebrochen, die Uniformen geradegerückt, der Schlagstock weggesteckt. Jetzt gehen sie ab, wieder ganz Repräsentanten der Ordnung.

An der Ponte de la tana sitzt immer ein Bettler, elegant eine Zigarette haltend wie in einem Straßencafé. Er kommt stundenweise und irgendwie wirkt er so, als ob er mit seinem Hut nur dasitze, um die an ihm Vorbeiströmenden zu studieren. Wie reagieren sie, wenn er sie anspricht? Manche gehen vorbei und blicken einfach gerade aus. Andere zucken mit den Schultern. Manche bleiben auch stehen und suchen umständlich nach etwas Kleingeld. Eine ältere Frau stellt ihre Einkäufe in sicherer Entfernung ab, kramt ewige Zeiten in ihren Taschen und reicht ihm schließlich zwei Äpfel. Die hält er nun in der einen Hand und die Zigarette in der anderen und sieht aus wie ein Mensch, der die seltene Qual der Wahl hat.

Es gibt in Venedig ein Franziskanerkloster. Ein Pater des einstigen Bettelordens kommt, bleibt vor dem Bettler von heute stehen, kurzer Wortwechsel, dann fliegt etwas, das wie eine sehr kleine Münze aussieht in hohem Bogen treffsicher in den Hut. Gelernt ist gelernt.

2011

Vermieter ist nicht gleich Vermieter

Ich muss umziehen, mein Ausweichquartier an der Ponte de la tana ist von jemand anderem gebucht. Den Vermieter der Wohnung habe ich gar nicht zu Gesicht bekommen, aber im Regal stehen Fotos von seiner Segeljacht. Mit der ist er gerade unterwegs. Wer mit ihm durchs Rote Meer fahren will, kann das tun, die Preise sind venezianischer Natur.

Daran erinnert mich diese Wohnung: an eine verdächtig gut aufgeräumte Schiffskajüte mit unübersehbar militärischem Einschlag. Die Bettwäsche wartet bereits portioniert und millimetergenau aufeinander gepackt im Schrank; Löffel, Messer und Gabel liegen so ausgerichtet, wie das die Hauptfeldwebel überall auf der Welt zu ihrem Lebensideal erklären. Solche Art Umgebung provoziert bei mir seit jeher schlampige Freude an der Unordnung. Aber am Ende siegt dann doch die Solidarität mit der Putzfrau.

Umzug von Castello, dem traditionellen Arbeiterbezirk, nach Dorsoduro. Die neue Wohnung liegt genau in der Mitte zwischen Ca' Rezzonico und Zattere. Am Zattere Ufer, Ponte Lungo 1471, landete Rainer Maria Rilke am 19. November 1907 in der bescheidenen Pension der Schwestern Romanelli. Mimi gefiel ihm besser als die Lage der Herberge: direkt am Hafen, gleich neben dem Industriegebiet gelegen.

Mimi spielte sehr gut Klavier, war eine Schülerin Busonis, und Rilke verliebte sich sofort in sie, was noch zu heftigen Turbulenzen führte, weil die schöne Mimi gern von ihm geheiratet werden wollte. Später sorgte seine Duino-Gönnerin Marie von Thurn und Taxis für standesgemäßes Quartier in einem ihrer Palazzi am Canal Grande.

Heute parken gleich neben dem Zattere die Kreuzfahrtschiffe, eines dicht neben dem anderen. Die Kreuzfahrer von heute sind Massenpartikel einer seelenlosen Urlaubsindustrie. Aber auch vom Canal Grande hat mancher allzu idyllische

Vorstellungen. So soll kürzlich der Käufer einer der millionenschweren Villen gegen den Lärm auf dem Canal geklagt haben, den die vielen Schiffe und Menschen dort machen. So ist das, wenn man an einer Hauptverkehrsstraße wohnt, auch in Venedig. Und noch funktioniert Venedig – Gott sei Dank! – nicht völlig nach den Regeln eines Museums.

Doch tatsächlich, der Wechsel zwischen Lärm und plötzlicher Stille in dieser Stadt ist jedesmal wieder frappierend und geradezu beängstigend. Man biegt aus einer lärmenden Gasse in eine menschenleere und hört nichts mehr, man ist allein, dann tritt man nach einigen Schritten in eine weitere Gasse, die schmal und dunkel vor einem liegt, und innerhalb einer Minute hat sich alles verändert, man fühlt sich wie in ein Labyrinth geworfen, tastet sich mit angestrengt wachsamen Sinnen voran. Das ist in Venedig so seit vielen hundert Jahren. Seitdem hat sich an der Wegführung kaum etwas geändert. Die meisten Häuser stehen seit dem sechzehnten und siebzehnten Jahrhundert – noch.

Die Gier der Venezianer, sich das Kreuzfahrtgeschäft nicht entgehen zu lassen, hat die Stadt in große Gefahr gebracht. So werden nun Tag für Tag die riesigen Touristentanker durch die Lagune bugsiert, die zu diesem Zweck tief ausgebaggert wurde. Das hat das natürliche System der Strömungen verändert und nun kommt regelmäßig das Hochwasser, es kommt von allen Seiten, drückt von unten durch jede Ritze im Fußboden. Es scheint durch nichts mehr aufhaltbar. Das MOSE-Projekt soll helfen, ein künstlicher Riegel zum Meer. Wer das Wasser kennt, bleibt skeptisch.

Meine neue Wohnung ist vor allem alt. Von den unverputzten Wänden rieselt es ständig. Durch die dicken Balken der Decke ziehen sich tiefe Risse. Eine weiße Schicht, wie Salz, liegt auf dem Putz der Fugen und wenn ich sie mit dem Finger berühre, fällt der Mörtel wie Sand zu Boden. Die Wohnung gehört einer älteren Pianistin, die anscheinend anderes zu tun hat, als ihre Wohnung aufzuräumen. Ich kann das gut verstehen. Hier bestimmen Geist und Staub die Atmosphäre. Alles ist voller ausgesuchter Bücher (auf italienisch), auch alte und kostbare, jedoch so achtlos in Regale gestopft, wie ich es noch nie sah. Einige, deren Deckel mir doch zu arg gequetscht scheinen, befreie ich aus ihrer Lage, so können sie wenigstens halbwegs glatt auf den Stapeln liegen. Hinterher muss ich mir erst einmal die Hände waschen, es ist, als ob ich einen Keller aufgeräumt hätte. Im Schlafzimmer steht ein Klavier, von dort schiebt man sich zwischen alten Schränken, Lampen, Spiegeln und überall gestapelten Büchern hindurch. Motten fliegen verdächtig zahlreich, doch mir gefällt diese Charme und Musikalität ausstrahlende Unordnung – ich muss hier ja nicht für immer bleiben.

Daran denke ich jedesmal, wenn ich die Tür zum kleinen Garten schließe, den eine hohe Mauer umgibt. Außer einigen Büschen wächst hier nichts, doch welch grüne Oase im Meer aus Stein! Jeden Abend verschließe ich den Ausgang erst mit einer dicken Holztür, dann einem Gitter und schließlich mit der Glastür. Alle Fenster haben Gitter und die Wohnungstür wirkt wie die eines Tresors. Wenn ich in der Unordnung die Schlüssel verlege, ergeht es mir wie in Storms *Bulemanns Haus* und ich sitze hier für ewig gefangen.

2011

Uri Geller, das *Ca' Dario* und lauter untote Mücken

Uri Geller musste einmal nach Venedig kommen. Darin ist er wie der *Weiße Hai* – immer mit sicherem Instinkt für gut vermarktbaren Grusel. Irgendwann machte das Löffel-Verbiegen nicht mehr Quote, so dass sich der berufsmäßige Hellseher nach anderen Betätigungsfeldern umsah. Das Thema Außerirdische ist absolviert, da liegt Venedig nahe. Warum auch nicht, jeder zweite deutsche Fernsehkommissar hat sich inzwischen eine italienische Stadt gesucht, Venedig war zweifellos am begehrtesten, schon wegen Donna Leon.

Geller ist ein Medienprofi und weiß: Zeit ist Geld. Darum geht das mit dem Venedig-Horror bei ihm wie bei einer Fahrt in der Gespensterbahn: Hauptsache schnell. Man bezahlt Eintritt und ist schon wieder draußen. Vier Tage reichen für einen erschöpfenden Geller-Dreh in Venedig. Er formuliert das sendungsbewusst: „Venedig ruft nach mir." Bei ihm kann man sich sicher sein, dass er das wörtlich meint, er hört auch Stimmen.

Das findet man in Venedig kaum ungewöhnlich, denn wie alle Seefahrer sind auch Venezianer abergläubische Menschen. Sie sahen hier seit jeher den Teufel über die Brücke gehen. Die Venezianer hassten den Papst und die Jesuiten, denn die kamen aus Rom und alles, was vom Festland kam, war feindliches Ausland. Folglich fasste hier die Inquisition auch nicht richtig Fuß – Venedig hatte seinen eigenen Überwachungsapparat, da duldete man keinen fremden daneben. Und da alle Venezianer an Zauberei und übernatürliche Erscheinungen glauben, bestrafte man die der Zauberei und Hexerei Beschuldigten auch – für die Zeitverhältnisse jedenfalls – ungewöhnlich mild. Einige Tage am Pranger war die gängige Strafe – Todesurteile blieben den Verschwörern gegen die Republik und Wirtschaftverbrechern vorbehalten.

„Der Mond regiert Venedig“, schreibt Peter Ackroyd. In dieser Stadt der Schlafwandler mitten in den Kulissen eines Blendwerks, in dem zuletzt jedes Gesicht sich nur wieder als eine Maske hinter der Maske offenbart, erschüttert es niemanden, wenn jemand meint, ein Gespenst gesehen zu haben. Hexen sagte man nach, dass sie am liebsten nachts Gondeln losbänden und damit nach Alexandria fahren würden. Von Picasso weiß man, dass er seine Nägel nach dem Schneiden sorgfältig aufbewahrte, damit niemand mit ihnen einen Zauber gegen ihn betreiben könnte. In Venedig wäre er mit dieser hysterischen Marotte kaum aufgefallen, hier sammelten die Mütter die Haare auf, die sie ihren Kinder geschnitten hatten – dass niemand sie verzaubere.

Ackroyd listet auf, was Uri Gellers Vorgänger in Venedig für normal hielten: „Es war gut, wenn man an einem Samstag starb. Wenn es auf die Totenbahre regnete, würde die Seele des Verstorbenen auf jeden Fall gerettet sein. Es war unklug, zwischen den beiden Säulen auf der Piazetta hindurchzugehen; das Pech würde einem dann an den Fersen kleben. Ein Gast, der bei Tisch sein Mundtuch zerknautschte, würde nie wieder zum Essen kommen. Wenn die Uhr genau in dem Moment schlug, in dem man fragte, wie spät es sei, dann habe man seine eigene Totenglocke gehört. Die erste Person, die man am Neujahrstag traf, entschied drüber, ob einem in jenem Jahr Gutes widerfahren würde oder nicht; ein Buckliger bedeutete Glück, ein Lahmer kündigte Unannehmlichkeiten an …“

Was es wohl bedeutet, Uri Geller zu begegnen? Ein Jahr voller Paranoia vermutlich. Geller kommt nach Venedig als Geisterjäger. Vor allem eines Hauses wegen: *Ca' Dario.* Eine unschuldige Villa am Canal Grande wie so viele andere, gleich neben dem Guggenheim-Museum. Im Moment wird sie renoviert und ist mit Planen verhängt. Das Haus ist verflucht!, spricht Geller sein Urteil. Das mag ärgerlich sein für das Haus (und seine Eigentümer), denn es gibt mehr Menschen, die

Geller beim Wort nehmen, als man denkt. Seine Erklärung für den Dämon des Hauses ist allerdings verblüffend: „Jeder, der das Haus gekauft hat und dort gelebt hat, ist gestorben." Mich dürfte eher der umgekehrte Fall verwundern: wenn die Bewohner ihre Häuser überleben würden!

Geisterseher Geller übt sich als Aufklärer. Das sind jedesmal skurrile Situationen, bei denen wir ihn begleiten. Da läuft einer mit angstverzerrtem Gesicht durch die Gassen, fühlt sich bedroht und mutmaßt, die Venezianer wollten ihm ihre dunklen Geheimnisse nicht verraten. Das ist Geller, allzeit telegenpsychopathisch.

Schließlich, zum Höhepunkt der Geisterseherexpedition, ist er mitten drin im Palazzo *Ca' Dario*, den sich der Sekretär des Dogen Giovanni Dario 1488 bauen ließ. Draußen ziehen dunkel drohende Wolken vorüber, unheilvolle Töne erklingen. Bevor er dann mit dem Ruf: „Ich muss hier raus!" das Weite sucht, zieht er zwischen zwei Ofenkacheln zielsicher das Foto mit einem Toten, oder einem Untoten (wer weiß das schon so genau?) hervor. Selber Schuld, wer Geller in seinem Haus nach bösen Geistern suchen lässt. Er findet immer welche, garantiert. Nur wo bleibt der Geist bei all den Geistern?

Gellers Geschichte des *Ca' Dario* hat schon Eingang in Reiseführer gefunden, so in Thomas Jonglez' und Paolo Zoffolis *Verborgenes Venedig*. Da werden die Eigentümer des Palazzo der letzten fünfhundert Jahre aufgezählt und wie vorauszusehen: sie sind alle tot. Wenn das kein Fluch ist. „Ein tödlicher Palast" heißt es nun – und als Hauptzeuge des Fluchs wird Christoph Lambert, der Manager der Rockgruppe *The Who* genannt, der 1981, kurz nach dem Kauf des Palazzos, plötzlich tot umfiel. Vielleicht hatte er sich nur in den Renovierungskosten des alten und feuchten Gebäudes verschätzt?

Aber das allgegenwärtige Wasser weckt tatsächlich eine surreale Art von Phantasie. Das ist wie bei Seeleuten, die sind immer abergläubisch. Der beste Venedig-Film *Wenn die Gondeln Trauer tragen* von Nicolas Roeg spielt mit echter Magie und faulem Zauber. Von beidem gibt es in dieser beharrlich auf dem Wasser schwimmenden Stadt reichlich.

Dämonen existieren tatsächlich, besonders in Kanalnähe. Jede Nacht werde ich von ihnen gefoltert: unzählige Mücken, hinterhältige Vampire. Sie kommen, wenn man schläft. Nachdem mir der Gebrauch von *Off* aus dem venezianischen *Billa* im vergangenen Jahr psychedelische Nebenwirkungen bescherte und ich nahe daran war, Uri Geller für einen kühlen Rationalisten zu halten, setzte ich dieses Nervengift ab, auf das ich anscheinend stärker reagierte als jedes Insekt.

Dieses Jahr habe ich zwei konkurrierende Produkte aus Berlin mitgebracht. Das erste in der grünen Flasche riecht sehr gut, das finden die Mücken auch. Mehr ist dazu nicht zu sagen. Das zweite in der orangenen Flasche ist von seiner Wirkung eher komplex. Jeden Morgen erwache ich, nach Anwendung des Mittels am Abend zuvor, völlig zerstochen – aber im Bett liegen außer mir immer auch mehrere tote Mücken. Ein Fall für den Mülleimer, die Ethikkommission oder gar für Uri Geller?

2011

Wie spielt man venezianische Post?

Hermann Hesse hielt nichts von Amerikanern, aber viel von Japanern. Diese Abneigung hier und Vorliebe da, entsprach der Verkaufskurve seiner Bücher in den 50er Jahren. In den USA erwiesen sie sich als absolut unverkäuflich, auch darum waren die Amerikaner für ihn „vergnügte und genügsame Halbmenschen“. Von den Japanern dagegen fühlte er sich verstanden, sie seien seine besten Leser.

Was ich damit sagen will? Dass sich die Zeiten ändern. Die Amerikaner waren es, die in den 60ern mit der Flower-Power-Bewegung einen neuen Hesse-Boom auslösten. Aber was ist mit den Japanern los? Die jungen japanischen Europa-Touristinnen in Venedig sehen nicht nach *Steppenwolf*-Leserinnen aus und auch Fukushima scheint gänzlich spurlos an ihren faltenlosen Gesichtern wie Hirnen vorbei gegangen zu sein. Dagegen wirken plötzlich sogar die Amerikaner kulturtragend. In Japan nahm der Volkssport seinen Anfang, sich nicht nur stundenlang gegenseitig in den banalsten Posen zu fotografieren, sondern vor allem sich selbst. Es mag gelegentlich amüsant (und lehrreich!) sein, sich den Fotoapparat vors eigene Gesicht zu halten und auf den Auslöser zu drücken, aber wenn es – wie hier zu besichtigen – zur stereotypen Dauerpose wird, bekommt dieser inflationäre Narzissmus etwas Endzeitliches.

Auch auf dem Lido haben sich die Zeiten geändert. Vorbei die Ära, da Samuel Fischer mitsamt den Autoren seines Verlages (jedenfalls allen, die gerade ein neues Buch unterbringen wollten) sich im *Hotel de Bains* für den ganzen Sommer einquartierte. Marlene Dietrich lief hier mit einem Band Rilke-Gedichte unterm Arm Remarque über den Weg, so dass dieser spöttisch fragte: „Ach, Sie lesen?“ Worauf sie konterte, welches der Gedichte sie ihm denn aus dem Kopf vortragen solle. Ob in der sich dann anbahnenden Affäre Rilke noch eine Rolle spielte, weiß ich nicht. Das Hotel *Des Bains* ist geschlossen, trotz heftiger Proteste wird es nun umgebaut in ein Appartement-Haus. Gegen die Logik des Geldes kam man mit Samuel Fischer, Thomas Mann, Marlene Dietrich oder Remarque nicht an, nicht einmal mit Visconti. Da passiert wieder, was auch mit Hesses Palazzo, der *Casa Camuzzi* passierte: zerstört und zerstückelt für Profit. Aber im Moment ist die Baustelle verlassen, vielleicht fehlt es an finanzstarken Käufern.

Allerdings, der Strand vor dem Hotel wird weiter bewirtschaftet, die Badekabine in der ersten Reihe kostet über 200 Euro – pro Tag! Nein, mit Denkmalen wie dem Hotel *Des Bains* geht man in Venedig nicht zaghaft um. Davon glaubt man hier mehr als genug zu haben, ist immer viel zu gegenwärtig dabei, sich einen Vorteil zu sichern. Auch das hat Tradition. So steht vor dem Ospedale eines der wenigen Denkmale der Stadt, die solche Art von Personenkult sonst strikt vermied. Der Söldner Bartholomeo Colleoni, der 1475 starb, hinterließ Venedig sein ansehnliches Vermögen nur unter der Bedingung, ihm ein Denkmal auf den Markusplatz zu bauen. Gerade hier, undenkbar! Aber das Geld wollte man doch gern haben, so kam man auf den Einfall, ihm sein Denkmal vor das Ospedale zu bauen, wo sich die Scuola di San Marco befindet. Das ist doch auch ein Markus-Platz, befand die Stadtregierung.

Ich habe jetzt ganz andere Probleme: Nach über vier Wochen ist mein Gepäck, das auf dem Hinflug schon schwer übergewichtig war, nicht mehr zu transportieren. Zumal durch die feucht-schwüle Luft in Venedig sich alle Sachen und auch das Papier der Bücher vollsaugen und damit noch schwerer werden. Die rettende Idee: ich schicke ein Bücherpaket nach Berlin! Die Post in Venedig befindet sich am Rialto in der ehemaligen deutschen Handelsvertretung. Hier wurden in Venedigs bester Zeit die deutschen Händler quasi interniert. Sie durften nur unter Begleitung (sprich: Bewachung!) ausgehen. Venedig war ein Überwachungsstaat erster Klasse.

Beim ersten Mal muss ich umkehren, da die Post im August schon um 14 Uhr schließt. Beim zweiten Mal stehe ich in der Schalterhalle vor undefinierbaren Anzeigen an einer Leuchttafel. Jemand ist mitleidig und erklärt mir, dass ich hier eine Wartemarke ziehen müsse, mit dem Buchstaben meines Anliegens davor. „E“ ist Einzahlung, „A“ vermutlich Auszahlung – es gibt ein halbes Dutzend weiterer Buchstaben. Mein Buchstabe ist „P“ wie Postsendung und dazu die Nummer. Ich habe die 96 und nach einer halben Stunde bin ich tatsächlich dran. Die Bücher trage ich gleich bei mir, damit ich nicht noch einmal wiederkommen muss. Was ich benötige, ist ein passender Karton. Der Mann am Schalter mustert den Umfang meiner Tasche, schüttelt den Kopf und schlurft davon. Er verschwindet minutenlang irgendwo in den Katakomben. Tatsächlich bringt er zwei Faltsätze für Pakete, nicht viel größer als Schuhkartons, andere hat er nicht. Ich bezahle sechs Euro und beginne in einer Ecke mit dem Zusammenbauen. Ich komme mir sehr clever vor, dass ich mir sofort eine neue Wartemarke hole. Aber nun rasen die Nummern voran und ich bin erst halb mit meiner Bastelarbeit fertig, als die Nummer 107 dran ist. Ich lasse sie ziehen, beschrifte sorgfältig die Felder mit Absender und Zieladresse, sogar die Telefonnummer muss man draufschreiben. Meine nächste Nummer ist die 116.

Ich schiebe meine beiden gelben Pakete über den Schalter, alles gut verklebt und beschriftet. Ich bekomme nun zwei Formulare ausgehändigt und ziehe eine neue Wartemarke. Die Formulare sind sehr umfänglich. Mit Nummer 134 bin ich wieder im Spiel. Jetzt beginnt die eigentliche Prozedur. Was ich da drin habe, will man wissen. Bücher! Keine Spirituosen, sonstige zu verzollende oder gefährliche Gegenstände? Die Gefahr besteht, dass ich alles noch mal vorzeigen muss. Ich mache ein so überzeugendes Gesicht, wie es mir möglich ist, und die Postangestellte, eine grauhaarige Dame mit sorgenvoller Miene, bedeutet mir mimisch, dass sie mir eigentlich nicht glauben dürfte, aber nun mal unter der Schwäche leidet, zu großzügig zu sein. Es folgen weitere Formulare in mehreren Ausfertigungen. Die werden dann in Plastefolie eingeschweißt befestigt.

Das wird aber keine versicherte Wertsendung, sondern hoffentlich die preiswerteste aller Paketsendungen? Mit der Bahn vielleicht?, wage ich vorzuschlagen. Die Dame arbeitet kopfschüttelnd weiter an ihren Papieren. Bahnsendungen gibt es nicht, nur die Schiffs- oder Luftpostsendung. Beides ist gleich teuer. Für Berlin empfiehlt sie jedoch unbedingt die Luftpostsendung. Das sehe ich sofort ein.

Es wird gewogen, zusammen 12 Kilo. Der Preis berechnet sich anscheinend aus sehr unterschiedlichen Parametern, denn die Dame reiht eine Zahlenreihe an die andere. Nach mehreren Minuten ist sie schließlich am Ende der Rechnung angekommen. Die Stempel knallen auf alles, was Papier ist. Nach gut 90 Minuten bin ich nun also die beiden Pakete endlich los – für 47,30 Euro! Ich weiß nicht, ob das viel oder wenig ist, ich brauche jetzt frische Luft. Aber eigentlich ist es für Venedig eher wenig.

2011

Sumpfblütenschönheit oder Freilichtmuseum – beides ohne Tauben, aber mit Bruno Ganz

Die Tauben vom Markusplatz sind weg! Erst wurde die Tauben-Geburtenkontrolle eingeführt und das Futter mit Antibabypillen kontaminiert, mittlerweile sucht man die Vogelfutterverkäufer vergeblich. Ein Sieg der Hygiene und des Zeitgeistes über den Schmutz, der zum Leben, besonders hier in Venedig gehört. Ein Meilenstein auf dem Weg zum Museum mit streng geregelten Öffnungszeiten und Hausordnung.

Doch die frivole Melancholie dieser Stadt bleibt, sie sitzt als Geruch in den Fundamenten. Es sind die paradoxen Mischungen, die dieser auf Treibsand gebauten Stadt immer noch Halt verleihen. Vielleicht ist es ihre Langsamkeit, die dieser Stadt ihre Poesie gibt? Da lebt etwas seinem Ende entgegen und nimmt sich Zeit dabei. Gibt es ein schöneres Sinnbild für gelingendes Leben? Dass etwas kein Ende hat und immer wie neu erscheint, das ist doch der tödliche Irrglaube unserer schnelllebigen Gegenwart.

Der Spaziergänger wird in Venedig immer in die Irre geleitet. Dazu dienen Wegweiser in Form von Pfeilen, die nach dem Prinzip funktionieren, dass hier ohnehin alle Wege zum Markusplatz und zur Rialto-Brücke führen. Selber schuld, wer sich seinen Weg nicht sucht, sondern Straßenschildern hinterherläuft.

Venedig ist schön inmitten seiner Beschimpfungen, in denen es einige zur Meisterschaft gebracht haben. In der Beschimpfung offenbart sich eine unaufkündbare Verbindung, die sich gegen alle Argumente, sei es die des Verstandes oder die des offenkundigen Augenscheins, behauptet. Karl Scheffler ist so ein Meister der innigen Venedig-Beschimpfung, der bereits vor dem ersten Weltkrieg diese Stadt – „eine Sumpfblütenschönheit“, „ein Notgebilde“, ein „Freilichtmuseum voller Verkaufsplunder“ – tief in sich aufgenommen hatte.

Solcherart Hassliebe resultiert aus dem paradoxen Charakter Venedigs, eine Stadt des Westens und des Ostens gleichermaßen zu sein. Die Brücke, die sie über Jahrhunderte zwischen beiden bildete, war zugleich ein hochgerüsteter Brückenkopf. Die Republik Venedig wurde ebenso von Vernunft und einer ausgeklügelten Demokratie regiert wie von einem grausamen Terrorapparat, der ein Heer von Spitzeln unterhielt. Denunziation galt als Bürgerpflicht. Die Reste der Löwenmäuler, jener anonymen Briefkästen, in die nachts die Anschuldigungen eingeworfen werden konnten, sieht man noch. Da wurde manch private Rechnung beglichen, jeder lebte in misstrauischer Furcht vor seinem Nachbarn. Das spürt man bis heute, auch das Zugleich von übergroßem Reichtum und übergroßer Armut, das sich auf Fotografien bis in die 20er Jahre des 20. Jahrhunderts zeigt. Eine damals noch überfüllte Stadt, in der ganze Viertel in ihrem Dreck erstickten und Seuchen wie die Cholera allgegenwärtig waren, weil es kein Frischwasser gab!

Hinter den prächtig leuchtenden Fassaden der Paläste am Canal Grande beginnt schon das Labyrinth dunkler Gassen, in dem es droht und murrt, wie Scheffler befand: „Eine Stadt, in der die Inquisition herrschte und in der doch auch vier Monate lang Maskenfreiheit und Karneval war.“ Die Maske: einziger Spielraum für die Bürger im Überwachungsstaat Venedig. Jeder Karneval konnte für jeden der letzte sein, vor Verfolgung schützten weder Reichtum noch politische Reputation. Daher auch diese latente Hysterie, die nachwirkt. Hier konnte man jahrhundertelang Dinge in einer Fülle und Pracht kaufen wie nirgends sonst auf der Welt, aber wenn einem bestimmt war, den Weg über die darum so benannte Seufzerbrücke in die Bleikammern zu gehen, oder nachts, in einen Sack eingenäht, in der Lagune ertränkt zu werden, dann war das die Stimme des Schicksals, das hier wie anderswo immer blind zugriff. Die „Dirnenschönheit“ von „Bella Venezia“ hat etwas mit diesem inneren Mangel an Zutrauen zu den Bür-

PAX
TIBI
MAR
VAN
STA
MEVS

gern zu tun. Traum und Terror trieben auch hier die prächtigsten Bauten in die Höhe, der wichtigste und nie versiegende Antrieb dieser ausgestellten Pracht war: Angst.

Darum war es gut, dass erst Napoleon und dann die Amerikaner hier einfielen. Letztere haben niemals Angst vor Gespenstern, wie wir seit Oscar Wilde wissen, nicht einmal vor den tatsächlich existierenden der eigenen Vergangenheit. Und das erwies sich als heilsam. So etwas wie Mark Twain als hintersinnigen Vorboten der *Arglosen im Ausland* hatten die gegen Salär singenden Gondoliere noch nie erlebt: „Jetzt hör mal her, Roderigo Gonzales Michelangelo, ich bin ein Pilger, und ich bin ein Fremder, aber ich bin nicht gewillt, meine Gefühle von einem solchen Gejaule zerfleischen zu lassen. Wenn das nicht aufhört, muss einer von uns beiden ins Wasser." Solch klare Ansagen war man hier nicht gewohnt, wo man mit unerfreulichen Wahrheiten (Preisen!) gewöhnlich erst herausrückt, wenn es kein Zurück mehr gibt.

Erfreuliches gibt es auch zu vermelden. Mancher geht hier nicht nur seiner Selbstmordgedanken verlustig, sondern verliebt sich obendrein. Da hat Tiziano Scarpa dann doch wenigstens einmal recht behalten. *Brot und Tulpen* verkörpert den Venedig-macht-Hoffnung-Film. Bruno Ganz ist ein bereits dreiviertelstoter Kellner, der nach Venedig nur aus dem einen Grunde gekommen ist: um hier zu sterben. Darum hat er auch einen Strick unter seinem Bett versteckt. Als er dann zur Tat schreitet, verzaubert ihn ausgerechnet eine auf einem Parkplatz von ihrer Familie vergessene italienische Ehefrau, die er als Untermieterin aufnimmt. Schön! Und Bruno Ganz hat hier, seit er 1999 diesen Film drehte, auch eine eigene Wohnung. Erst wollte man ihm nur das ganze Haus verkaufen, aber dann bekam er doch die Zimmer im dritten Stock, wohin das Acqua Alta – das wiederkehrende Hochwasser – nicht kommt. Die Venezianer, meint Ganz (der eine italienische Mutter hat), seien eine „knallharte Sippe". Doch das müssen sie wohl auch sein, sonst gäbe es sie längst nicht mehr.

Und einige Dinge, sagt Bruno Ganz, bleiben hier doch für Zugezogene wie ihn für immer unerreichbar, sie werden von den alteingesessenen Familien gehütet wie Schätze: „Die Hüttchen, die Badekabinen, auf dem Lido. Der Parkplatz an der Piazzale Roma – seit Generationen vererbt. Das Grab auf der Friedhofsinsel San Michele – seit Generationen vererbt. Und der Liegeplatz für das Boot. Das sind die vier Sachen, die bei den Venezianern immer in der Familie bleiben."

2011

„Stefy“ zwischen Frauengefängnis und Markusplatz. Ein Fall von angewandter Pädagogik

Vom Flughafen fährt der Bus, die schnellste – und preiswerteste – Verbindung nach Venedig, zum Piazzale Roma. Aber da ist keiner. Generalstreik, ausgerechnet heute, am Tag meiner Ankunft. Wenn der Streik auch ohne Erfolg bleibt, vielleicht ohnehin nur als Warn-Generalstreik gemeint war, so hat man doch auf diese Weise öfter mal einen freien Tag extra. Und ich habe ein Problem. Nun ist in Italien ein Generalstreik normalerweise nicht ganz so ernst gemeint wie anderswo, denn schließlich wollen die Streikenden und ihre Familien an so einem Tag auch mal irgendwohin. Aber es fährt kein Bus.

Und auch kein Vaporetto. Ein guter Tag für die Wassertaxi-Betreiber, 110 Euro kostet die Überfahrt nach Venedig. Es gibt noch eine private Schnellbootlinie, die Alilaguna, die streikt nicht, jedenfalls nicht ausdrücklich. Dabei könnte man das fahrplanmäßige Schneckentempo der Boote durchaus als permanenten Bummelstreik auffassen – anderthalb Stunden geht es durch die Lagune, wo doch der Flughafen durchaus in Sichtweite der Stadt liegt! Immerhin, besser als schwimmen. Ich habe mir ziemlich frech angewöhnt, alle Vorteile für „Residenti“ in Anspruch zu nehmen, schließlich wohne ich öfter mal hier. Das hat Venedig immer schon perfektioniert: ein korrumpierendes System von verschiedenartigsten Privilegien und Vergünstigungen. Ich bin als Abonnent des bestreikten Nahverkehrs in Venedig, also kein gewöhnlicher Tourist, und nur für den gelten die Höchstpreise. „Imob“ heißt das neue, rein elektronisch funktionierende Fahrkartensystem. Man hält beim Einsteigen seine Chipkarte an einen Kartenleser, dann leuchtet im optimalen Fall eine grüne Lampe auf, im weniger optimalen eine rote. In beiden Fällen geht der echte Venezianer in der Regel unbeeindruckt weiter. Mit meinem „Imob“-Ausweis kostet auch die Überfahrt mit Alilaguna nur die Hälfte (8 Euro) – obwohl jeder hören kann, dass ich kein Italiener bin, aber das sind inzwischen beinahe die Hälfte der Einwohner (oder Wohnungsbesitzer) Venedigs auch nicht. Zum Glück führt das Boot bis nach Giudecca, wo sich meine Wohnung befindet. Giudecca liegt wie eine kleine Insel vor der großen Insel Venedig – ungefähr so wie Hiddensee vor Rügen.

Michael vom Wohnungsbüro wartet bereits. Sonst empfängt mich immer Jürgen, der eigentlich aus Hamburg kommt, aber der macht gerade Urlaub auf den Kanaren. In Venedig eine Wohnung, die „Stefy" heißt, mieten und dabei von zwei anscheinend nur Vornamen besitzenden Mitarbeitern eines Vermittlungsbüros in Empfang genommen werden? Wenn mir das jemand erzählte, würde ich unbedingt abraten. Aber Jürgen erwies sich in den letzten Jahren immer als zuverlässiger Manager in allen venezianischen Wohnungsdingen, samt einiger notwendig gewordener ungeplanter Umzüge (plötzliche Baustellen!). „Stefy" ist nicht billig, aber hat einen Balkon und das ist hier selten. Michael ist trotz seines Namens echter Venezianer und spricht fast akzentfrei deutsch. Anders als Jürgen, der sich angesichts meines schwergewichtigen Gepäcks jedes Mal reflexartig an seinen Rücken fasste, schultert Michael sofort eine Tasche. Er besitzt venezianisches Temperament, zieht gleich einige Bootstour-Prospekte hervor, die könnte ich mir ja mal anschauen.

Außerdem möchte er gern noch einmal wiederkommen, wenn es mir nichts ausmache, denn ein wichtiger Mann der Biennale im kommenden Jahr reise extra für einen Tag an, um sich eine Wohnung für den Herbst zu suchen. Er habe ihm „Stefy" angeboten, aber ich könne natürlich auch Nein sagen, wenn es mich störe. Wenn er sich nur mal ganz kurz mit dem Herrn, der ohne Sekretärin anreise, umschauen dürfe? – Ohne Sekretärin? Aber Michael hat mich bereits wehrlos gemacht, dem auf dem Sprung sitzenden Protest das Wasser abgegraben. Ich könnte theoretisch also Nein sagen, das genügt mir schon. Also dann, von mir aus!

Die Lage der Wohnung ist tatsächlich superb, auch unter Architekturaspekten. Dem Balkon direkt gegenüber, hinter einem kleinen Kanal, teilt eine acht Meter hohe Mauer den Himmel. „Stefy" liegt zum Glück in der dritten Etage und schaut knapp oben drüber. Rechts erhebt sich ein Wachturm, denn dies hier ist das Frauengefängnis von Giudecca. Ich erinnere mich, dass der wöchentliche Gemüsemarkt des Gefängnisses in einem alternativen Reiseführer hervorgehoben wurde. Seit letztem Jahr steht es allerdings leer. Am Tor kann man immer noch in verschiedenen Sprachen (auch auf deutsch) lesen: „Gefängnis. Eintritt verboten!" Um das Eintreten geht es an so einem Ort ja nun eher weniger. Das klingt fast so euphemistisch wie die DDR-Propaganda vom antifaschistischen Schutzwall, der so stark bewacht werden müsse, damit kein Feind unbemerkt reinkommen könne. Jetzt steht das Gefängnistor weit offen, das Gras dahinter wuchert. Jede Nacht springt drüben immer noch ein riesiger, sehr gelbes Licht im Übermaß produzierender Scheinwerfer an, der jeden Fluchtversuch aus meinem Schlafzimmer sofort zwecklos erscheinen lässt. Michael sagt, als er dreizehn war, habe er im Gefängnis einmal ein Fußballspiel gehabt und die Insassinnen hingen in den Fenstern und riefen ihm zu: Zieh doch mal die Hose runter! Das zum Thema „Frauen sind anders."

Aber links, jedenfalls sobald ich mich ein wenig vorbeuge, kann ich einen schmalen Streifen Lagune erkennen und da ist er dann tatsächlich: der Campanile und die drei Höcker (nur zwei passen allerdings in den Bildausschnitt) der Markuskirche. Das sind dann jene Privilegien, die in Venedig, wie überall, nun mal ihren Preis haben – der hier allerdings immer etwas höher ausfällt als erwartet. Denn es gibt immer Preise und Preiszuschläge („supplementa"). Wenn ich etwa meine Wohnung nicht pünktlich zwischen sechzehn und achtzehn Uhr beziehe und am Abreisetag ebenso pünktlich zwischen neun und elf Uhr wieder verlasse, wird ein solcher Zuschlag fällig. Wenn das nicht angewandte Pädagogik ist! 2012

Die unbekömmliche Liebe. Mit Nietzsche in Venedig

Man sollte weniger liberal sein. Wer anderen zu viele Freiheiten einräumt, schädigt sich immer nur selbst. Eben war Michael von der Mitwohnzentrale da, mit dem Herrn von der Biennale, der gar kein Herr ist, sondern ein junger Mensch. In T-Shirt und kurzen Hosen springt er die Treppe hoch. Er hat hier im nächsten Jahr auf Giudecca eine Ausstellung, da bietet sich „Stefy" an. Doch auf den Fotos hat sie ihm nicht gefallen. Irgendwie, schien sie – spießig? Genau, bestätige ich, plötzlich von einem unguten Gefühl befallen, geradezu eklektisch dieser uneinheitliche Einrichtungsstil. Und er hätte mal sehen sollen, wie es hier aussah, bevor ich die Scheibengardinen in allen Räumen abgenommen, die Spitzendeckchen eingesammelt und die blumengeschmückten Wachstuchdecken von den Tischen gezogen habe! Das könne er doch auch tun, frohlockt der Künstler.

Zu spät. Er findet alles prächtig und vor allem: Diese Ausblicke! Ich weise ihn auf die hohe Gefängnismauer hin, vergesse auch den großen Scheinwerfer nicht und die Lärm der Motorboote, den die Mauer nicht nur zurückwirft, sondern noch verstärkt. Ach was, meint er, das ist doch toll hier und zu Michael: „Gekauft!"

Nun zieht er also im nächsten Jahr gleich für sechs Monate (über den Sommer natürlich) hier ein, ich weiß nicht, ob mit oder ohne seine Sekretärin, vielleicht weiß er das selber auch noch nicht. Aber ich weiß nun zumindest, wo ich nächsten Sommer nicht wohnen werde und alles nur, weil ich nicht gleich Nein! gesagt habe.

Voreilig Ja zu sagen, ist erwiesenermaßen eine Schwäche. Die zumindest habe ich mit Nietzsche gemeinsam, der spontan ausrief, Venedig sei die Stadt, „die ich allein liebe". Etwas später hat er dann hinzugefügt, sie bekomme ihm nicht (das

Essen!, die Luft!, die Menschen!) und besitze außerdem den großen Fehler, „dass sie stinkt". Das war 1880 und bei seinen dann nachfolgenden regelmäßigen Besuchen dekorierte er die gemieteten Zimmer immer schon vorab um, oder genauer, er beauftragte Peter Gast damit, der in Venedig wohnte. So muss ihm sein Faktotum einen Teppich besorgen, denn nackte Steinböden mag er nicht, „ich erkälte mich so leicht". Auch braucht er einen „großen, bequemen, gelehrten Lehnstuhl (in Frankreich sagt man für dies Möbel ‚un Voltaire')"

Ich werde nun auch gleich Michael, diesem venezianischen Verräter, der mir meine Wohnung unter dem Hintern weg, noch dazu mit meiner naiven Mithilfe, an einen Biennale-Typen mit Sekretärin weitervermietet hat, meinen Wunschzettel durchgeben, was ich noch alles unbedingt benötige, man ist immer viel zu bescheiden. Richtige Weingläser etwa könnte ich für den Wucherpreis hier schon verlangen, Barolo aus Wassergläsern trinken, ist doch pure Barbarei! Das nächste Mal sage ich auch, dass ich *diesmal* ohne Sekretärin anreisen werde, vielleicht sind derartige Ankündigungen ja in Venedig der wirksamste Mieterschutz.

Nietzsche, der am liebsten durchs Hochgebirge bei Sankt Moritz oder Sils Maria wanderte, hat schnell bemerkt, dass sich Venedig nur bedingt dazu eignet, in Gedanken versunken vor sich hin zu gehen. Da stolpert man dann unweigerlich in den nächsten Kanal. Immer braucht man hier einen Fährmann, der einen von der einen zur anderen Seite übersetzt. Brücken sind rar. Das trägt zur philosophischen Bodenlosigkeit Venedigs bei. Der Fluss des Lebens verzweigt sich in dieser Stadt in lauter handliche Handicaps: Leben und Tod, verbunden durch einen Fluss ohne Wiederkehr? Ja, aber oft ist es nur ein Rinnsal von Kanal, nur um ein weniges zu breit, um mit einem großen Schritt darüber hinwegzugehen. Und dann schwimmt da auch garantiert immer eine leere Bierflasche oder eine Billa-Tüte, ein Transportboot schiebt sich heran, das – unter Beobachtung der Nachbarschaft – eine neue Waschmaschine anliefert. Jeder Anflug von Pathos, jeder Wille zur Größe stößt hier sofort auf ein Kontrastmittel. Venedig holt einem immer wieder aus dem Himmel der Symbolik zurück auf den Erdboden, der hier nicht selten etwas von einer Kloake hat.

1880 wohnt Nietzsche Fondamente Nove mit Blick auf die Friedhofsinsel San Michele in einem Palazzo-Zimmer, das nicht nur sechs mal sechs Meter in der Länge und Breite, sondern auch in der Höhe maß. Das schreibt er umgehend seiner Mutter nach Naumburg. Der hohe Raum, betont er, komme „seinem Schlaf zu Gute". Neben hohen Zimmern liebte der Weltgeist aus Naumburg vor allem die „breiten Brücken" Venedigs. Bereits in *Menschliches, Allzumenschliches* (1878) hatte er eine Typologie der Reisens aufgestellt. Die niedrigste Stufe sei die des „Gereist"-Werdens (also der Tourist, der seinem „Führer" hinterher läuft), die höchste jene, in der das selbst Gesehene Folgen habe für den Sehenden und wieder „herausgelebt" werde. Das kann sehr viel später der Fall sein, und oft weiß man dann längst nicht mehr, woher der eigentliche Anstoß kam. Darum gehe es, man dürfe niemals wissen, „woher man etwas weiß". Was bei Nietzsche anderes meint als bloße Quellenvertuschung.

Nietzsche kultivierte in Venedig eine für alle Reiseführer-Fetischisten bedenkenswerte Eigenschaft: „Ich will nichts sehen als zufällig." Ein bemerkenswerter Satz, der am Anfang jeder Reise stehen sollte – auch der Lebensreise.

2012

Unwillkürlich nehme ich die Angewohnheiten eines Inselbewohners an. Morgens gehe ich die Uferpromenade, die eigentlich gar keine ist, von der Redentore-Kirche zum Hilton Molino Stucky hinauf. Macht etwa zwanzig Minuten. Vor diesem aufwendig ausgebauten Riesen-Backsteingebäude einer ehemaligen Fabrik bleibe ich unschlüssig stehen. Soll ich es mir einmal von innen ansehen? Michael hat gesagt, ich könne ruhig bis zum Dach hinauffahren und von der Bar aus den Rundblick genießen. Aber das hat Zeit. Und wozu auch, die Hiltons dieser Welt sehen überall gleich aus, ich muss nicht unbedingt von dort aus auf Venedig blicken, das überlasse ich den Rentnern aus Texas, die hier absteigen. Also gehe ich wieder zurück.

Das Hilton liegt schon halb im Hafenbecken und grenzt an den sozialen Wohnungsbau von Giudecca, für den man mit wahrer Liebe nach einem Werkstoff griff, der hier sonst Tabu ist: Beton! Auch ein gut verstecktes Rathaus in leicht venezianisch variierter Bauhaustradition gibt es. Wie überhaupt das Leben in der zweiten Reihe auf Giudecca ein ganz anderes ist, als man vermutet. Da ist der Campo Junghans mit dem modernen Schulkomplex, einem großen, nur durch eine armbreite Gasse erreichbaren Coop-Markt – das ganz normale Leben verbirgt sich hinter der aufrecht erhaltenen Kulisse. Man könnte fast meinen, von hier aus werde das Museum Venedig betrieben.

Mir scheint, der Venedig-Reisende mit zuviel Geld wohnt doch lieber im *Danieli* mit seiner jahrhundertealten Tradition; ohnehin hat Venedig längst zu viele Hotels, über 150 kann man allein im Internet buchen. Der Blick vom Hilton geht auf die Abfertigungshallen der Kreuzfahrtschiffe und die Hafenanlagen und weiter bis nach Mestre. Mich erinnert das ans Ruhrgebiet.

Ich schaue zum anderen Ufer, dreihundert Meter weiter ist schon der Markusplatz. Aber wie alle Kleinweltenbewohner frage ich mich unschlüssig, ob ich denn heute unbedingt die Überfahrt unternehmen soll. Es sind so viele Menschen unterwegs und was soll ich eigentlich da? Meinen Spaziergang kann ich auch hier machen. Auf Giudecca entdeckt man das Leben auf dem Dorfe. Man wird auf seltsame Weise genügsam, so wie Sokrates auf dem Marktplatz von Athen, der mit dem Satz berühmt wurde: Wie viele Dinge sehe ich, die ich nicht brauche! Klingt wie Ignoranz, ist aber das Gegenteil davon! Zumal auf einer Insel, denn das ist Venedig bis heute geblieben, trotz Eisenbahndamm und Flughafen. Man fühlt sich inmitten von Millionen Besuchern isoliert, aber trägt es wie eine Auszeichnung. Und so vermischt sich die Einmaligkeit dieser Stadt mit der offenkundigen Provinzialität ihrer Bewohner, die sowohl zu Beschränktheit wie zu Melancholie führt. Ersteres ist für Besucher ärgerlich, letztere besitzt Anlagen zur Poesie.

Auf halbem Wege von der Redentore zum Hilton liegt das Büro der Italienischen Kommunistischen Partei. Ein tristes Ladenlokal neben dem des Fanvereins von Inter Mailand. Im vergitterten Schaufenster der IKP sehe ich – in der zweiten Reihe – Fotos von Enrico Berlinquier, Antonio Gramsci und Che Guevara, daneben eine aufgeblätterte *Storica fotografia del partito communista Italiano*, in der ersten Reihe liegen lauter Halsketten aus Murano-Glas. Wenn das nicht ein Spiegel der unorthodoxen Symbiosen aus Revolution und Kommerz ist, für die der sogenannte Eurokommunismus von den Marxisten-Leninisten strenger Observanz einst so beargwöhnt wurde!

Fünfzig Meter weiter hat auch die Partito Sozialista einen Schaukasten, der auf sein durch eine enge Gasse erreichbares „Centro Culturale" verweist. In großen Buchstaben steht hier „Avanti!". Heute wird dort *Mein Freund Harvey* mit James Stewart gezeigt. Als ich vom Mulino Stucky zurückkomme, gibt es vor dem IKP-Büro einen kleinen Menschenauflauf von einem halben Dutzend älterer Herren. Man hat gerade mit einer Verlängerungsschnur einen Trennschleifer im benachbarten Andenkenladen angeschlossen, denn das große Vorhängeschloss an der Gittertür ließ sich nicht mehr öffnen. Nun hält ein graubärtiger Mann, vermutlich der IKP-Sekretär von Giudecca, nicht ohne resignatives Pathos das Schneidegerät ans Schloss. Es kreischt laut auf, Funken fliegen, Sekunden später fällt es zu Boden. Quaranta Euro!, kommentiert der Graubärtige vorwurfsvoll, die Umstehenden schauen betroffen, was wohl vermuten lässt, das die vierzig Euro für ein neues Vorhängeschloss gleich Sitzungsthema sein werden.

Von meiner Terrasse aus sehe ich gleich neben dem vormaligen Frauengefängnis einen Garten liegen, den man nur über eine Brücke erreicht und der von einem Tor verschlossen ist. Man sieht nie jemanden dort drüben. Am Eingang steht „Giardino Eden". So perfektioniert man die Kunst, sich vor der Welt zu verbergen. In einem Film über Giudecca sah ich einmal genau so einen Garten, der gehörte dem Sohn (oder war es schon der Enkel?) von Mussolinis Industrieminister, der einst den Ausbau von Mestre vorantrieb. Hier hat mancher Gründe, nicht seinen Namen an die Haustür zu schreiben.

Auf dem Klingelschild von „Stefy" steht übrigens „Polo di Milano". – Wenn ich jetzt noch einen Zettel am Briefkasten befestige „Gunnar di Berlino" kann man mir sogar hierher schreiben.

2012

Wo wohnt eigentlich Kommissar Brunetti? Was Venedig zu einer Stadt „wie in Aspik“ macht

Kürzlich saß ich auf dem Vaporetto neben einer in unnatürlicher Frequenz immer von rechts nach links und von links nach rechts blickenden schon etwas älteren Frau. Dieser kreisende Venedig-Suchblick verursachte bei mir fast schon Seekrankheit. Aber immerhin, das sind die wahren Venedig-Enthusiasten, dachte ich noch zu ihrer Entschuldigung, sie sucht gewiss einen bestimmten Palazzo, von denen jeder hier am Canal Grande seine lange Geschichte hat.

Tatsächlich hielt sie einen Zettel in der Hand, auf den sie immer wieder blickte und die Abbildungen darauf mit den Häusern verglich, an denen wir vorbei fuhren. Ich beugte mich etwas zu ihr und erkannte, was sie da eigentlich suchte: die Drehorte von *Kommissar Brunetti*!

Fühlt sich Venedig vernachlässigt, gar vergessen? Das anzunehmen wäre paradox, denn kaum ein Ort auf der Welt wird so von Besuchern bedrängt und belästigt wie Venedig. Jeden Sonnabend schiebt sich ein schwimmendes Hochhaus nach dem anderen durch den Giudecca-Kanal, kaum hundert Meter vor meiner Terrasse vorbei. Sonnabend ist der Tag, an dem Kreuzfahrtschiffe auf Tour gehen. Jeder der tausend bis zweitausend Passagiere dieser Kolosse, die von jeweils zwei kräftigen Lotsenbooten daran gehindert werden, die Markuskirche zu rammen, zahlt hier seine Maud. Und pro Reisebus werden 150 Euro fällig. Neuerdings gibt es auch eine Verordnung über Kurtaxe, die jeder, der in Venedig übernachtet, zu zahlen hat.

Venedig ist reich, aber es stellt sich arm und pflegt das Image einer allein auf verlorenem Posten gegen den drohenden Untergang kämpfenden Stadt. Doch etwas an dieser Maskerade ist auch wieder echt, eine Kränkung, die daraus resultiert, dass Venedig, das seit 1866 zu Italien gehört, sich immer noch nicht recht zugehörig fühlt. Peter Ackroyd weiß: „Die Italiener befassen sich nicht wirklich mit Venedig: Es gehört einem anderen Reich an, einem Reich der Phantasie oder einer Kunstwelt.“

Gabriele d'Annunzio schrieb 1900 seinen großen Venedig-Roman *Feuer*. Die Arbeit am Buch zieht sich hin, wird zur schwer zu nehmenden Hürde. Währenddessen – getreu dem Satze, dass in jedem großen Buch noch ein kleines schläft – notiert er etwas, das in seiner knappen Kompaktheit als Erfahrungsbericht des Schreibenden bis heute zu irritieren vermag: „Der Kamerad mit den wimpernlosen Augen.“ Autobiographisches Schreiben, erfahren wir da, ist ein Beschwören von Geistern – ähnlich wie sie Scrooge in Charles Dickens *Weihnachtsmärchen* erscheinen. Ein Dickicht aus Verheißung und Versäumnis, von Versagen und Verrat.

Der Ich-Erzähler beschwört die nächtliche Begegnung mit einem fast vergessenen Schulfreund herauf, ein Traumspiel, das Protokoll jener Krise, die zwischen zwei schöpferischen Höhenflügen liegt, jener Abgrund, der jedes Mal neu unüberwindlich erscheint. Die Folter des Anfangs vorm leeren Blatt, der Beginn eines Marathons, den man mit unsäglich schweren Beinen beginnt. Und dann das Wunder: schreibend kehrt die Kraft zurück. Aber dieses Schreiben entpuppt sich als Vampir: es saugt die Erinnerung auf ... D'Annunzio erscheint jener Schulfreund aus längst vergangenen Tagen, der am Ende nicht viel mehr war als ein Vehikel der Selbstwerdung, eines unter vielen. Im Grunde wird dieser in der eigenen Vergangenheit begrabene Freund schreibend nun zu einem anderen Ich. Eine späte Rettung der einstigen Freundschaft oder nur neuerlicher Verrat aus purer Egozentrik des Schaffen-Müssenden? Warum fragt man sich diese Dinge gerade in Venedig? Das im Wechsel der Zeiten Beharrende offenbart sich immer als Zugleich von Flucht aus der Zeit und Versuch, sie mittels magischer Tricks festzuhalten. Oder wie d'Annunzio schreibt: „Ich kann geradezu hören, wie die Zeit mir auf den

Fersen ist und das Leben wegfegt, wie ein eifriger Diener, der hinter mir mit dem Besen den Teppich abkehrt."

„Venedig ist eine Stadt wie in Aspik!" Dieser Satz wird in dem Film *Wenn die Gondeln Trauer tragen* von Nicolas Roeg gesagt. Er meint, man hat hier immer das Gefühl, die Dinge wie hinter Glas zu sehen, aber dann erweist es sich schnell als eine Art Gelee, das einen mit feuchter Hitze umschließt. Man fühlt sich wie eingelegt in etwas, das den Atem abdrückt. Man kommt nicht recht vorwärts. Diese Stadt hat die Neigung, alles zu konservieren, selbst seine Besucher. Das sind die Albträume hier, solche wie in *Wenn die Gondeln Trauer tragen*, wo man in sich selbst den Verfolger erkennt, der einem nach dem Leben trachtet. Realitätspartikel, surreal zusammengesetzt und einer schlaflosen Nacht entsprungen, Wachträume, die zwischen Tag und Nacht nicht mehr zu unterscheiden vermögen.

Sartre hat das Gefühl der Bodenlosigkeit – oder genauer: der vielen doppelten Böden hier – präzise beschrieben: „Auf einhundertzehn Inselchen aus Sand und Ton haben die Venezianer ihre Salons, ihre Geheimnisse, ihre Verliese erbaut; dieser schlammige wimmelnde Schlick ist getarnt: kaum einmal im Jahrhundert bewegt er sich und ruft den Einsturz des Campanile hervor, der sofort wieder aufgebaut wird: aber die giftige Barbarei ist noch da, es ist das Wasser, das glatte und tote Wasser, das seine kalten Arme zwischen den Häusern hindurchstreckt."

Ja, es liegt Gefahr in der Luft – doch ein Fall für Kommissar Brunetti wird daraus eher nicht.

2012

Casanova im Kühlschrank

Mein Kühlschrank verspricht laut Aufkleber an seiner Tür, bis zu einer Temperatur von 38 Grad Celsius optimal zu arbeiten. Es sind jetzt 32 Grad - für Venedig im Juli ist das moderat. Und tatsächlich, er arbeitet störungsfrei. Bisherige Kühlaggregate, denen ich in Venedig ausgeliefert war, fingen sämtlich bei Temperaturen über 30 Grad an, auf infarktverdächtige Weise zu stolpern, brummen, dröhnen und stöhnen. Dieser hier übertreibt das Kühlen mitunter, etwa wenn er den Salat über Nacht zu einem Eissalat einfriert, der beim Auftauen dann bloß noch Matsch ist, aber das sind Kraftgebärden, die aus jugendlicher Überfülle kommen. Man kann ihn auf ganz schwach stellen und er ist immer noch ganz stark.

Ich wollte, ich könnte das über mich auch sagen! Auf Giudecca lebt man immer wie ein aus Venedig Verbannter. Dabei ist Giudecca – anders als der Vorstadtindustrieort Mestre – eine Insel, auf der man gern wohnt. Da liegt das Problem: Sie ist auf freundliche Weise monoton. In Venedig drüben würde ich mich nicht mit meinem Kühlschrank befassen, jedenfalls nicht dann, wenn er so gut funktioniert wieder dieser hier. Das ist der Unterschied. Aber vielleicht habe ich so das Privileg, einen Film wie Fellinis *Casanova* von 1976 besser zu verstehen als andere andernorts. Ein großartiger Film, jedoch im Kino ein furchtbarer Misserfolg. Und warum? Wegen der Kälte, die er erzeugt! Sollte ein Casanova-Film nicht vor sinnlicher Hitze vibrieren? Das fragte sich kopfschüttelnd der Durchschnittszuschauer. Nein, gerade nicht – er soll vor Kälte zittern! Das war Fellinis Absicht, und er hat das ebenso so gut durchgehalten wie mein Kühlschrank. Noch die zartesten Salatblätter - zuletzt sind sie immer ungenießbare Eisblumen.

Donald Sutherland war Casanova bei Fellini; drei Jahre zuvor spielte er noch in Nicolas Roegs *Wenn die Gondeln Trauer tragen* die Hauptrolle als ein von Visionen in den Tod getriebener

Kirchenrestaurator. Was Fellini an ihm so fasziniert hat, kann ich mir denken: die britische Kühle, seine Distanz, mit der er nun auch Casanova zur nüchternen Fallstudie macht. Nein, nicht ein dämonischer Erotomane wie Don Juan, sondern ein Bestarbeiter in Sachen Orgasmen. Ein Maschinist seines eigenen Körpers, dem für sentimentale Anwandlungen keine Zeit bleibt. Eine bloße Projektionsfläche stereotyper Vorstellungen. Georg Seeßlen hat bei Donald Sutherland sofort an Venedig denken müssen, vor allem wegen des „leeren, unbestimmten, wässrigen Gesichts". Und auch Visconti hat in seiner Thomas-Mann-Adaption *Tod in Venedig* das Protokoll einer lange verdrängten erotischen Obsession abgeliefert. Ein älterer Intellektueller verliebt sich in einen schönen Jungen! Aber diesen Aufbruch der Sinne überlebt er nicht lange.

Ekstase ist rauschhafte Beschleunigung, auch des eigenen Absturzes, gegen den man sich so lange – erfolgreich – bürgerlich befestigt hat. Visconti zeigt gleich in der ersten Szene des Films, Gustav von Aschenbachs Dampfer-Überfahrt nach Venedig, dass dies ein Totenschiff ist, bevölkert von Dämonen der Zerstörung. Eros und Tod treffen sich in Venedig auf ganz und gar unpathetische Weise. Eher wie in einer Hafenstadt, die Venedig schließlich immer auch war. Ein Moloch zweifellos, für den hier die Maske, zwecks Identitätsverdunklung, einst erfunden wurde - und gleichzeitig ein Ort kühl kalkulierter Geschäftigkeit. Rilke hat über Venedig ein Gedicht geschrieben, das *Die Kurtisane* heißt. Es schließt mit den Zeilen: „Und Knaben, Hoffnungen aus altem Hause, / gehen wie an Gift an meinem Mund zugrund."

Tatsächlich hat sich Venedig – inmitten von Pest und anderen Misslichkeiten – auch mittels Prostitution konsolidiert, indem es durch käufliche Liebe den Tourismus anzukurbeln versuchte. Im Mittelalter soll es hier bis zu 20 000 Kurtisanen gegeben haben, das ist fast ein Drittel der heutigen Einwohnerzahl. Man nannte die Stadt auch die „Fleischbank Europas". Eines der Hauptexportartikel war die Syphilis. Jean-Jacques Rousseau, der 1743 als Botschaftssekretär nach Venedig kam und hier nicht nur den Theaterautor Carlo Goldoni traf, notiert über solch eine erotische Begegnung der käuflichen Art ganz offen: „… nach Verlauf einer halben Stunde schickte ich mich an, wieder fortzugehen, wobei ich einen Dukaten auf den Tisch niederlegte; aber sie hatte die sonderbare Bedenklichkeit, ihn nicht annehmen zu wollen, da sie ihn nicht verdient hatte, und ich die sonderbare Torheit, ihre Bedenklichkeit zu beheben."

Peter Ackroyd schreibt, die Steuerabgaben, die die Prostituierten im 17. Jahrhundert zu entrichten hatten, seien so hoch gewesen, dass man davon den Bau von zwölf Kriegsschiffen hätte finanzieren können. Dazu langt es heute wohl kaum mehr. Aber wie von jeder Vergangenheit bleibt auch von der des „weltgrößten Freiluftbordells" ein Abglanz, wenn auch ein matter.

2012

Carmen contra Königsloge

Gleich, ob es darum geht, eine Gondel oder sich selbst an den Mann zu bringen, in Venedig ist man dabei immer offensiv. Aber es gibt auch echte romantische Erlebnisse, mit denen ich gar nicht mehr gerechnet hätte. Im *La Fenice* wird Bizets *Carmen* gezeigt, noch einige Male im Juli, man schleppt sich so in die Sommerpause, die dieses Jahr später beginnt als in den Jahren zuvor.

Bis zur Kasse vorzudringen, ist gar nicht so einfach. Beim ersten Mal bin ich kurz nach 17 Uhr da, da hat sie gerade geschlossen. Tags drauf trete ich die Überfahrt nach Zattere (auch wenn sie nur fünf Minuten dauert, es ist das andere Ufer!) eher an, gehe über die Accademia-Brücke bis zum Fenice, und noch bevor die Dame mit den Karten den Stecker aus dem Computer ziehen kann, stehe ich vor ihr. Und dann das Erstaunliche in dieser gierigen Stadt: Während ich mich schon im vierten Rang auf einem sichtbehinderten Platz der untersten Preiskategorie sehe, zeigt sie mir die freien Plätze des Abends. Da, in der Königsloge! Ich schüttle den Kopf, 220 Euro (so der reguläre Preis) ist mir um eine Winzigkeit zu teuer. Oh, nein, bekomme ich zur Antwort, der Platz kostet als Last-Minute-Preis nur 20 Euro! Das ist wie eine Gondelrundfahrt mit einem Vaporetto-Ticket, aber das ist eben auch Venedig.

Nietzsche hat Bizets *Carmen* enthusiastisch gefeiert, als er sie in Genua zum ersten Mal sah. Die Oper gefiel ihm so gut, dass er gleich dreimal hinging. Echte Menschen, eine Arbeiterin und ein Soldat, spielen eine Liebestragödie, die es auch musikalisch in sich hat. Und Bizet braucht dazu nicht einmal wie Wagner ganze Götterfamilien! So berichtet er in einem Brief an Peter Gast nach Venedig am 28. November 1881: „Hurrah! Freund! Wieder etwas Gutes kennen gelernt, eine Oper von Francois Bizet (wer ist das?): Carmen. Hörte sich an wie eine Novelle Mérimées, geistreich, stark, hier und da erschütternd. Ein ächt französisches Talent der komischen Oper, gar nicht desorientiert durch Wagner, dagegen ein wahrer Schüler von Hector Berlioz. So etwas habe ich nicht für möglich gehalten! Es scheint, die Franzosen sind auf einem besseren Wege in der dramatischen Musik; und sie haben einen großen Vorsprung vor den Deutschen in Einem Hauptpunkte: die Leidenschaft ist bei ihnen keine so weithergeholte (wie z.B. alle Leidenschaften Wagners)."

Da steckt natürlich auch viel Trotz darin, von Nietzsche gegen sein Idol Wagner gesprochen, der regelmäßig nach Venedig kam, um zu komponieren. Friedrich Dieckmann hat daraus einmal eine schöne Textcollage gemacht: *Wagner in Venedig*. Den *Tristan* gäbe es wohl gar nicht ohne Venedig. Was viele nicht wissen, auch Tristans Tod in Erwartung Isoldes, diesem schmerzlich-schönen Höhepunkt von *Tristan und Isolde*, liegt bei Wagner eine gar nicht „weithergeholte Leidenschaft" zugrunde. Denn nicht lange bevor er diese Stelle komponierte, starb sein Lieblingshund Peps (ein Wachtelhund). So hingebungsvoll wie Wagner seine Hunde liebte (vielleicht nur sie), darf man Vermutungen anstellen, woher der innige Ton des Schmerzes rührt.

Über die Lage der Königs-Loge im *La Fenice* gibt es nichts Kritisches zu sagen, es ist zweifellos die beste. Aber Italien hat mittlerweile seine demokratischen Traditionen. Die Sitze in der Loge (und wie mir scheint *nur* hier) sind besonders simpel gehalten, so wie auf dem Korridor einer Behörde. Acht Stühle dicht an dicht gestellt, ohne Armlehnen, man hat ständig Körperkontakt zum Nachbarn, was für die Länge einer dreistündigen *Carmen* zweifellos übertrieben ist. Vor mir in der ersten Reihe sitzt eine einheimische Dame mit ihrem Mann. Die beiden haben den biederen Charme eines neureichen Bäckerehepaares aus der Provinz.

Der Dame ist heiß; fünf Minuten nach der Ouvertüre holt sie einen riesigen Fächer hervor und wedelt sich mit beachtlicher Ausdauer frische Luft zu – sie hält das durch bis zu Carmens Ende. Während mir der Fächer vor den Augen hin und her schwenkt wie ein Scheibenwischer im Auto bei Wolkenbruch, versuche ich - gegen den Schwindel ankämpfend – etwas von dem zu erhaschen, was vorn auf der Bühne passiert.

Das Ganze erinnert an eine Volksbühneninszenierung von Frank Castorf aus den 90er Jahren. Eine Telefonzelle, mehrere alte Autos Marke Mercedes – und auf beidem wird kräftig herumgesprungen. Das ist nicht uninteressant, zumal auch gesungen wird und nicht einmal schlecht. Nur die Darstellerin der Carmen, des wilden Mädchens aus der Zigarettenfabrik, das jeden Mann erst verführt und dann mit Fußtritten abserviert, ist etwas müde. Vermutlich ist sie eine echte Venezianerin und gewohnt, im Juli mit anderen Brettern zu tun zu haben als denen, die die Welt bedeuten: ihrer Badekabine auf dem Lido.

Rechts von mir sitzt eine neapolitanische Familie, die hat dagegen viel mehr Temperament. Der Sohn des Hauses kommentiert das Geschehen vorn lautstark und seine Mama korrigiert ihn nicht weniger lautstark und ebenfalls ohne Pause, während der Papa stolz (aber immerhin stumm) vor sich hinschaut. Die Inszenierung ist durchaus modern, es gibt sogar einen Nackttanz, nicht von Carmen, sondern von einem der männlichen Statisten, da holt sogar der Bäckermeister seine Brille aus der Tasche. Wie gesagt, manchmal kann Venedig richtig romantisch sein.

2012

Der Traum von großen Straßen. Goethe trifft Napoleon

Einige expressive, wenn auch nicht unbedingt immer treffende Bilder hat Goethe in Venedig gefunden. „Biberrepublik“ nennt er die Stadt auf dem Meer, als er Ende September 1786 hierher kommt. Das klingt nach redlicher Arbeit und Unscheinbarkeit. Beides lag Venedig schon damals fern.

So ganz behaglich ist es Goethe – wie so manch anderem Reisenden der Zeit – nicht in Venedig, die Zeit der Bleikammern ist noch nicht vorbei und der letzte Doge Lodovico Manin wird erst gut ein Jahrzehnt später von Napoleon zum Abtreten gezwungen werden. Goethe erlebt ihn bei einem Hochamte aus Anlass eines lang zurückliegenden Sieges über die Türken: „Der Doge ist ein schön gewachsener Mann, der krank sein mag, sich aber nur noch so, um der Würde willen, unter dem schweren Rocke gerade hält, sonst sieht er aus wie der Großpapa des ganzen Geschlechts …“ Als er dann später vor Napoleon steht und seinen Dogenstab für immer ins Museum geben muss, wird er – nicht von Goethe allerdings – mit einem „bekümmerten Stubenmädchen“ verglichen.

Über Napoleon streitet man hier immer noch erbittert, sogar gegen ihn demonstriert wurde schon, was beweist, dass die Geschichte in Venedig nie vorbei ist. Die echten Venezianer haben es Napoleon nicht verziehen, dass mit ihm die Republik Venedig endete. Es gibt heute immer noch venezianische Separatisten, die von einem eigenständigen Venedig träumen – vermutlich unter Wiederherstellung der Seemachtstellung. Gewiss, Napoleon hat diese Stadt etwas mehr zu jenem Biberbau gemacht, den bereits Goethe in ihr sah – was heißt, er hat ihr eine Winzigkeit von ihrem feudalen und klerikalen Dünkel ausgetrieben. Einige Kirchen wurden umgehend zu weltlichen Zweckbauten umfunktioniert. So enteignete er die Mönche des Klosters Giovanni e Paolo und ließ hier der Stadt ein Krankenhaus bauen, das sich immer noch in dem alten Klostergebäude befindet. Und auch die Dominikaner-Mönche nebenan sind noch da. Napoleon ließ auch einen Kanal zuschütten, so dass Venedig heute ein kleines Stück Boulevard hat: die Via Garibaldi. Und er gab den Juden der Stadt das Bürgerrecht.

Das klingt alles nicht schlecht – aber er kam nun mal als Besatzer, das verhinderte allzu freundliche Gefühle. Ein Napoleon-Denkmal direkt auf dem Markusplatz kündete von seiner Machtstellung. Um dieses Denkmal ging der Streit vor einigen Jahren. Irgendwie hatten die Venezianer es geschafft, es unauffällig verschwinden zu lassen, aber dann tauchte es wieder auf: bei Sotheby's in London! Und ein französischer (!) Fonds zur Rettung Venedigs ersteigerte es heimtückischer Weise für dreihunderttausend Euro, wie Dirk Schümer berichtet. Wohin nun damit? Es in Venedig aufstellen, gar auf dem Markusplatz? Es gab fast eine Revolte in der Stadt. Der Sprecher der Venedig-Separatisten (denen es einmal sogar gelungen war, einen Panzer auf den Markusplatz als Sinnbild ihrer Ziele in Stellung zu bringen, was allerdings scharfe Sanktionen zur Folge hatte), verstieg sich zu dem Vergleich, das wäre, „als würde der Bürgermeister von New York in der Stadt ein Denkmal von Bin Laden aufstellen". Wo das Napoleon-Denkmal hingekommen ist? Keine Ahnung – und einen Venezianer fragt man besser nicht danach.

Überhaupt, immer wenn man meint, die Stadt und ihre Einwohner etwas besser verstanden zu haben, wird man wieder von einer neuen Volte überrascht. Die Stadt gibt sich den Anschein einer alten, solide verfassten Chronik, ist aber im Grunde doch eher ein launiges Feuilleton. Das ist auf alle Fälle amüsant, manchmal auch lehrreich. Als mich mein Computer-Sicherheitsprogramm nachdrücklich vor den ungesicherten Drahtlosnetzwerken der Stadt warnte, die ich sonst leichtsinnig nutze, suchte ich auf Giudecca lange vergeblich nach einem öffentlichen Internetcafé. Endlich stand ich vor dem Rathaus dieses Stadtteils. Dort gibt es für jedermann kostenloses Internet, in einem großen Raum mit ungefähr zwanzig Plätzen, gleich neben der Bibliothek. Ein älterer Herr am Eingang zeigte mir einen freien Platz – und das war es auch schon. Keine Personalien, kein Formular, keine Gebühr. Das sind die Dinge, die wir schon nicht mehr für möglich halten, so neoliberal trainiert sind wir inzwischen.

Als ich einmal ins Ospedale musste, lief es dort ebenso ab – hinterher wartete ich natürlich darauf, dass mir jemand eine Rechnung stellt. Aber das interessierte dort niemanden. Staatliche Krankenhäuser behandeln hier in der Regel umsonst. Sind das nicht die schönsten, weil humansten Formen von Reichtum, den sich eine Gesellschaft überhaupt leisten kann? Aber darüber sollte man besser gar nichts schreiben, denn sonst steht das gleich im nächsten Sparkatalog von Frau Merkel für ihren Kollegen Monti.

Goethe übrigens verband mit Napoleon so einiges. Seine Leidenschaft für Stadtplanung etwa, Straßen- und Brückenbau. Infrastruktur als deutsch-französisches Hobby! Von Straßenbau halten die Venezianer verständlicherweise überhaupt nichts. Goethe missfiel als erstes der Schmutz – und er stöhnte: „Wenn sie ihre Stadt nur etwas reinlicher hielten …" Doch dann erwachte sofort der angehende Weimarer Minister in ihm: „Ich konnte nicht unterlassen, gleich im Spazierengehen eine Anordnung deshalb zu entwerfen und einem Polizeivorsteher, dem es Ernst wäre, in Gedanken vorzuarbeiten. So hat man immer Trieb und Lust vor fremden Türen zu kehren." So etwas klingt in Venezianischen Ohren fatal nach Napoleon. Vielleicht gibt es demnächst auch Anti-Goethe-Demonstrationen?

Der empfahl sich der „Biberrepublik" übrigens mit einer merkwürdigen, fast wie eine Drohung klingenden Bemerkung: „Ich verlasse Venedig gern; denn um mit Vergnügen und Nutzen zu bleiben, müsste ich andere Schritte tun, die außer meinem Plan liegen …" So sind sie eben, die Deutschen.

2012

Der liegende Eiffelturm. Redentore

Von meiner Terrasse aus sehe ich jemanden mit Spraydose am Kai. Sprayer in Venedig? Tatsächlich hockt da einer und sprüht Farbe. Das finde ich so in aller Öffentlichkeit ziemlich dreist. Er lässt sich Zeit, neben ihm steht eine junge Frau und sieht zu. Dann blickt sie auf einen Zettel und zeigt auf eine andere Stelle direkt daneben, wo nun weitere Verzierungen aufgesprüht werden. Bald ist der ganze Kai von farbigen Strichen und Punkten übersät. Passanten treten hinzu und debattieren die Kunstwerke. Wenn ich nicht wüsste, dass sich die Venezianer so gar nicht für die Biennale und deren Kunst interessieren (außer unter finanziellem Aspekt), könnte man an ein Freilufthappening denken. Aber es ist das Gegenteil: eine amtliche Maßnahme.

Redentore!, lautet der Ruf, der alle Ureinwohner Venedigs am Lebensnerv trifft. Und jetzt wird markiert, wer wo seinen Tisch aufstellen darf – die Plätze sind lange im voraus reserviert. Ich sitze im Auge des Sturms. Ein Logenplatz. Vom Küchenfenster aus sehe ich auf die Rückseite der Redentore-Kirche, die den Franziskanern gehört. Und diese Kirche wird in einigen Tagen der Mittelpunkt Venedigs sein. Es ist jene Wallfahrtskirche, deren Bau 1576 der Doge Alvise Mocenigo gelobte. Das war das Jahr, als eine Pest-Epidemie die innerhalb von nicht einmal zwei Jahren 50000 Opfer forderte, endlich abklang. Schon im Jahr darauf wurde das erste Redentore-Fest gefeiert. Höhepunkt ist der sich jährlich wiederholende Bau einer Brücke vom Zattere-Ufer hinüber nach Giudecca. Am Fuße der von Andrea Palladio gebauten Kirche endet sie. Die weit ausschwingende Treppe verwandelt sich dann zur Zuschauertribüne. Von hier aus kann man nun zu Fuß über den 330 Meter breiten Kanal gehen. Für die einen eine Prozession, für die anderen ein Spaziergang.

So wird die Brücke seit über vierhundert Jahren immer

wieder auf- und abgebaut. Einen Samstag-Abend und einen Sonntag lang steht, nein schwimmt sie, um dann wieder in Einzelteile zerlegt und von Schleppern irgendwohin ins Hafengebiet von Mestre gezogen zu werden. Natürlich hält ein und dieselbe Brücke das nicht lange aus – und so stand die Stadtverwaltung vor zehn Jahren vor der Tatsache, dass ihre alte Brücke nun endgültig schrottreif war. Was tun? Die Brücke nicht bauen? Auf keinen Fall, das wäre schlimmer als wenn der Campanile wieder einstürzen würde oder das *Fenice* wieder einmal abbrennen. Innerhalb weniger Tage also zog die Stadtverwaltung sämtliche Schwimmkräne und Pontons aus der Lagune zusammen, über die man eine provisorische Brücke baute. Es blieb zum Schluss nur eine Lücke, den in letzter Sekunde ein Boot ausfüllte, das sonst Klärgruben leerte. Die Fußgänger mussten sich an dieser Stelle die Nase zuhalten – und hatten einen leibhaftigen Eindruck von den Gerüche einer mittelalterlichen Stadt!

Es muss sehr lustig und chaotisch gewesen sein – aber seitdem laufen die Redentore-Vorbereitungen generalstabsmäßig. Eine Fertigteilbrücke wird Tage vorher in Startposition gebracht und in der Nacht vor dem Fest zusammengebaut. Nur einen Tag lang darf der Kanal von der Brückenkonstruktion versperrt werden, dies ist schließlich einer der Hauptverkehrswege Venedigs, nicht nur der Vaporetto, auch die riesigen Kreuzfahrtschiffe müssen hier durch, wenn sie in den Hafen hinein oder wieder hinaus wollen.

In der Nacht zuvor herrscht überall geschäftiges Treiben. Man zieht Lichterketten am Kai, baut Stände auf, trägt Tische heraus. Denn bei Redentore sitzen die echten Venezianer sämtlich draußen vor ihrer Tür, die Touristen sind nur Zaungäste. Man lädt Besuch ein, isst und trinkt und wartet auf das große Feuerwerk kurz vor Mitternacht.

Zum ersten Mal gehe auch ich über die Brücke. Eine Viertelstunde benötigt man dafür. Die Hälfte des Weges geht bergan, da wölbt sich die Konstruktion, damit kleinere Boote hindurchfahren können. Das Ganze sieht aus wie der umgestürzte Eiffelturm: erhebend und niederschmetternd zugleich. Sakrales Hochamt und massenkulturelles Event – gehört vielleicht beides zusammen? Jedenfalls erscheint mir diese Brückenkonstruktion ausdrucksstärker als die ganze Biennale, der es inzwischen wie der Documenta in Kassel ergeht. Was soll nach der letzten Dekonstruktion des Kunstwerks noch kommen? Die totale Vermüllung oder eine Renaissance der Kunstfertigkeit, zu der Meisterschaft gehört. Das klingt konservativ, aber Venedig erinnert ständig daran, dass es Dinge gibt, die bleiben und andere, die von der Zeit und dem Wasser der Lagune spurlos hinweg gespült werden.

Am Sonntag Abend gehe ich noch einmal hinüber zum Zattere-Ufer. Abends um elf Uhr schließt die Brücke und ich ahne schon, dass dies ein ernstgemeinter Termin sein könnte. Denn auch Vaporettos können nicht fahren, solange die Brücke nicht restlos abgebaut ist. Ich bin ein bisschen zu weit spaziert, darum sprinte ich die letzten hundert Meter und setze pünktlich zum Glockenschlag elf Uhr meinen Fuß auf die Brücke. Hinter mir ziehen die Arbeiter des Brückenabbaukommandos die Absperrgitter vor. Einige Nachzügler stehen nun davor, debattieren, zeigen auf mich, der ich auf der richtigen Seite des Absperrgitters stehe und es nun gar nicht mehr eilig habe. Dann öffnet sich das Gitter noch einmal. Manchmal kann Venedig durchaus eine sympathische Stadt sein – besonders bei Redentore.

2012

Hundertwassers „Giardino Eden" und der Streit um die Geschichtsbilder

Zum Schluss stellt sich immer dieselbe Frage: Was ist zu korrigieren? Zuerst einmal: Die von der Stadtverwaltung so lange und hartnäckig bekämpften Tauben kehren mehr und mehr auf den Markusplatz zurück. Es sind schon fast so viele wie früher. Den aktuellen Besitzer des „Giardino Eden" gleich neben dem verlassenen Frauengefängnis und in Sichtweite meiner Terrasse kennt zwar (offiziell) niemand, aber von 1972 bis zu seinem Tode im Jahr 2000 gehörte er Friedensreich Hundertwasser, der vielleicht hier auf die Idee für seine überall angepriesene Brennnesselsuppe kam und außerdem Häuser baute, deren Fassaden der verschlungenen Pflanzenwelt im „Giardino Eden" nachempfunden waren. Auch die Katzen sind trotz der erwachten Liebe der Venezianer zum Hund immer noch da, nicht überall, aber hier auf Giudecca oder in manchen Gassen drüben auf Dorsoduro sitzen sie in Fenstervorsprüngen so starr und unnahbar wie ägyptische Gottheiten.

Was inmitten all des Lichts bleibt, mit dem man noch die verborgenen Ecken Venedigs auszuleuchten versucht, sind immer wieder neue Verdunklungen. Man kann ein und dieselbe Geschichte eben auf sehr verschiedene, ja gegensätzliche Weise erzählen. Und eine Stadt, die so wie Venedig aus Wasser und Licht gemacht ist, scheint prädestiniert dafür, dass sich die Geheimnisse fortzeugen. Das Faszinierende: der Schauplatz hat sich in den letzten fünfhundert Jahren kaum verändert. Man kann dieselben Gassen zu denselben Palazzi gehen, die Lord Byron ging (oder zu ihnen im Kanal schwamm!), kann auf die Stelle zeigen, an der Casanova der Ausbruch aus den Bleikammern (unter dem Dach des Dogenpalastes gelegen) gelang oder mit Goethe die Academia-Galerie betreten: immer noch treffen die Beschreibungen über die Jahrhunderte hinweg auf eine fast gespenstische Weise zu. Auch der Typus des Venezianers, dieses wehrhaften Insulaners, der seine Überlebensschläue mit stolzer Miene maskiert, lässt sich jederzeit auffinden.

Das Bild, das sich schließlich durchsetzt, prägt das Urteil über die Geschichte. Doch manches daran bleibt zweifelhaft. Und immer hat man das Gefühl, es könnte auch ganz anders gewesen sein. So bei jener berühmten „Spanischen Verschwörung" von 1618, die ausgerechnet am Tag nach der Wahl eines neuen Dogen aufgedeckt wird. Angeblich hatten einige Söldner im Dienste der Serenissima vor, Venedig in einer handstreichartigen Aktion auszuplündern: eine Verschwörung zusammen mit dem Vizekönig von Neapel, der geplant haben soll, Venedig anzugreifen. Eine solche Aktion wäre ganz im Sinne Philipp III. von Spanien gewesen. Die Stadt war ihm ein lästiger Konkurrent im Streit um die Seeherrschaft. Der spanische Botschafter in Venedig, Alfonso de la Cueva, habe die Verschwörung unterstützt. Aber der Rat der Zehn erfährt durch die allgegenwärtige Denunziation (die Löwenmaulbriefkästen) davon und die Putschisten werden verhaftet und gefoltert, der spanische Botschafter flieht, mit ihm viele weitere, die um ihr Leben fürchten. Die Verhafteten werden in einem Geheimverfahren zum Tode verurteilt und hingerichtet. Die Bevölkerung erfährt davon erst, als eines Morgens die Leichen zweier Hingerichteter mit dem Kopf nach unten auf dem Markusplatz hängen.

Venedigs Geschichtsschreibung feiert die Aufdeckung der Verschwörung als Triumph eines funktionierenden Systems der Staatssicherheit. Doch gab es überhaupt eine Verschwörung? Aufmerksamen Historikern ist längst aufgefallen, dass alle Unterlagen im Staatsarchiv zu diesem Fall „bearbeitet" wurden, auffallend viele Dokumente fehlen, andere wurden nachträglich eingefügt: alles, damit sich das Bild wie gewünscht zusammenfügt. Doch könnte es auch ganz anders gewesen sein. Einige Stimmen vermuten, dass Venedig im Bündnis mit

dem Vizekönig von Neapel geplant hatte, sich gegen Spanien zu erheben – aber nach dem Tod des alten Dogen vollzog sich ein „Politikwechsel“ und die Mitwisser des ursprünglichen Plans wurden ermordet.

Was bedenklich scheint: die Zeit der politischen Intrigen, der hinterhältigen Morde und kultivierten Grausamkeiten war

Venedigs beste Zeit. Oder anders gesagt: ihre hässliche Rückseite. Die Vorderseite: glänzende Fassaden, bedeutende Kunstwerke, Macht und Reichtum. Als Napoleon der diktatorischen Republik Venedig ein Ende machte und das bürgerliche Gesetzbuch einführte, ging es bergab. Das 19. Jahrhundert wurde zu Venedigs glanzlosestem Kapitel. Ein einziges Armenhaus am Rande von Österreich-Ungarn. Die prächtigen Palazzi wurden zu Mietskasernen, ein prominenter Reisender notierte, Venedig scheine in den letzten Zügen zu liegen. Siebzehn Monate belagerten 1848 die Österreicher die Stadt, die sich für unabhängig erklärt hatte und beschossen sie schließlich vierundzwanzig Tage lang mit Artillerie. Damit war der Widerstand für Jahre gebrochen. Zeitgenössische Beobachter notierten, es gäbe nichts Traurigeres auf der Welt als Venedig, es ähnle einem „Grab der Lebenden". Das ist auch die Zeit, aus der es erste Fotografien gibt. Darauf sieht man lauter schmutzige, abgehärmte Figuren, die in Slums zu leben scheinen. Es gab kein sauberes Wasser, immer mehr Bettler (im 19. Jahrhundert schätzt man ihre Zahl auf 20 000) drängten sich hier, so dass die Cholera zu einem Dauerthema wurde.

Aber dann entdeckte Venedig seinen wahren Reichtum: die alte Stadt zog romantisch gestimmte Geister aus aller Welt an! Das eigentliche Venedig entstand, der Vergnügungspark für Touristen, der allen etwas bot: den Bildungsreisenden ebenso wie den Liebenden oder den Selbstmördern. Dieses Konzept ging auf: bis heute.

Allerdings hat man ausgerechnet, dass bei der fortgesetzten Bevölkerungsentwicklung der Stadt der letzte der heute noch 58 000 Venezianer im Jahr 2030 ausgestorben oder fortgezogen sein wird. Das sind die Legenden, die in einer so dauerüberfüllten Stadt seltsamer Weise sofort von jedem geglaubt werden. Einmal noch Venedig sehen, bevor es leer steht, besser noch: selber der letzte Bewohner Venedigs sein!

2012

Ist Venedig eine Fälschung?

Auch das scheinbar Neue ist in Venedig nur eine ewige Wiederkehr des Gleichen. Das macht den morbiden Charme dieser Stadt aus. „Mein Venedig versinkt nicht!“, schrieb Rose Ausländer – und es klingt für eine empfindsame Lyrikerin erstaunlich kämpferisch, fast schon trotzig. Mit anderen Worten: Auch wenn es untergehen sollte, ich erkenne diese Tatsache nicht an, denn mein Venedig ist ein Traumbild, das stärker ist als alle lärmenden Touristen, feuchten Fundamente und sich bedenklich in die Horizontale neigenden Kirchtürme zusammen.

Es ändert sich nichts, außer ständig steigenden Vaporetto-Preisen? Einen kurzen Moment lang merkte im Juni die Stadt auf, als ihr Bürgermeister Giorgio Orsoni mit fünfunddreißig anderen mehr oder wenigen wichtigen Männern der Stadtverwaltung verhaftet wurde. Es ging um MOSE, das seit elf Jahren im Bau befindliche Hochwasserschutz-Großprojekt. Ab und zu sieht man Schwerlastschiffe große Eisenteile durch die Lagune ziehen, die im Meer versenkt werden. Wenn es irgendwann mal fertig sein wird, woran mancher Venezianer zweifelt, dann soll dies ein gigantisches Schleusensystem am Meeresboden sein, das Venedig für immer vor dem gefürchteten Acqua alta schützt.

Über fünf Milliarden Euro sollen bereits verbaut worden sein, so genau weiß das niemand. Auch nicht, wer warum manchen Auftrag bekam und zu welchen Bedingungen. Klingt das den flughafengeprüften Berlinern nicht irgendwie vertraut? Allerdings, gleich die halbe Stadtregierung ins Gefängnis zu stecken, das ist stark. Ist der Bürgermeister noch im Gefängnis?, frage ich den Kellner in meiner Pizzeria. Schulterzucken, er hat keine Ahnung, es ist ihm auch egal. Man ist hier an die ständigen Skandale gewöhnt, schließlich ist auch der frühere Regierungschef Silvio Berlusconi zu mehreren Jahren Gefängnis verurteilt worden. Er profitiert allerdings davon, dass man in Italien mit über siebzig nicht mehr ins Gefängnis muss, sondern seine Strafe zu Hause absitzen darf. Sehr human, diese Italiener.

Einmal die Woche, so las ich in der Zeitung, muss Berlusconi Sozialarbeit leisten, dann erzählt er, begleitet von zwölf Leibwächtern, in einem Pflegeheim Demenzkranken Geschichten – vermutlich aus seinem Leben. Ein Medienunternehmer, der Italien verändert hat! Wie gründlich, das merkte ich, als ich mir die Fußball-Weltmeisterschaft im Fernsehen anschauen wollte. Aber das staatliche Rai-Programm, das sie übertrug, war plötzlich verschlüsselt. Macht nichts, es gibt ja noch die ARD über Satellit, so dachte ich, doch der Kanal war hier während der Weltmeisterschaft schlicht abgeschaltet. So wird man reich.

In Venedig, das ist wohl das Geheimnis dieser Stadt, die ihr Erscheinungsbild in den letzten fünfhundert Jahren kaum verändert hat, ist man dieser Art von schnöder Wirklichkeit ohnehin entrückt: Man sieht die Dinge eher poetisch als politisch. Was natürlich völlig falsch ist, denn wenn man lernen kann, wie Machtpolitik über Jahrhunderte funktioniert, dann hier. Venedig hat eben immer seine Berlusconis gehabt, die mal diesen, mal jenen Kanal abstellten, oder sich für einen, der eigentlich allen gehört, extra bezahlen ließen. Venedig ist ein Medienphänomen und die Venezianer wissen das.

Wenige Jahre nach dem Einsturz des Campanile von 1902 hatte man ihn im Expresstempo wieder aufgebaut. Nun steht er – seine Kopie – da, wie seit Ewigkeiten. Ebenso das *Teatro la Fenice*, das 1996 zum x-ten Male in seiner Geschichte abbrannte. Acht Jahre später schien es, als habe es das Unglück nie gegeben.

Kritiker dieser Stadt haben es immer gewusst: Venedig ist eine einzige Fälschung! Und sogar ein Liebhaber, wie der Stadt-Biograph Peter Ackroyd schreibt: „Alles nur Blendwerk." So ist es, Venedig funktioniert wie eine Theaterkulisse. So wie die

Palazzi alle zum Canal Grande hin ihren großen Auftritt haben, zur Rückseite dagegen wirken sie wie die unaufgeräumte Garderobe eines baufälligen Stadttheaters in der Provinz.

Einige scharfsinnige Kulturkritiker wie der Philosoph Georg Simmel haben daraus eine Theorie des Scheins entwickelt, die erstaunlich gut in unsere multimedialen Ersatzwelten passt, wo man immer erst fragen muss, existiert das, was ich da sehe, wirklich? Eine gute, eine aufklärerische Frage. Bereits 1907 schrieb Simmel: „Die Fixierung auf die Oberfläche, ihr Mangel an Tiefe, verleiht der Stadt etwas Geheimnisvolles, etwas nicht zu Ergründendes." Es ist in dieser Dialektik also die Oberflächlichkeit, die das tiefste Geheimnis erzeugt, das eben auch nur wieder Schein ist.

Ja, sie sind geschickte Kopisten, die Venezianer. Neues wird hier immer nur in der zweiten Reihe versteckt, so der Campo Junghans, ein Stück Bauhaus auf Giudecca. Nicht weit davon wohne ich, die Redentore-Kirche im Rücken mit Blick auf das seit drei Jahren leer stehende Frauengefängnis (vis-à-vis dem Markusplatz), über dessen Mauern ich von meinem Balkon (eine Rarität in Venedig!) knapp hinüber blicken kann. Nachts geht dort auf dem Hof immer noch ein überdimensionierter Scheinwerfer an und aus, aber jetzt kontrolliert er nur die Ratten und ein paar Käuzchen, die im Flutlicht auf Beute aus sind.

Direkt daneben schließt der parkähnliche Garten von Friedensreich Hundertwasser an, ebenfalls hinter einer hohen Mauer verborgen, recht verwildert anmutend. Man gelangt über eine eigene Brücke dorthin, die mit einem Gitter verschlossen ist. Ab und zu sehe ich dort einen alten Mann hinübergehen. Hundertwasser, ist der nicht längst tot? Aber hier in Venedig würde ich nicht darauf schwören.

2014

Mein Hochsitz, mein Balkon

Bei *Billa*, dem Supermarkt am Zattere-Ufer, steht seit Wochen ein Fahrrad. Es ist ein schönes weißes Fahrrad und kostet bloß 69 Euro. Und das in einer so überteuerten Stadt wie Venedig! Aber bisher hat es keiner kaufen wollen. Wozu auch, wenn man etwas nicht braucht in Venedig, dann ein Fahrrad! Woraus zu lernen wäre, es gibt nichts, was einen Wert an sich hätte.

Ein Fahrrad kann man sich in dieser Stadt bestenfalls an die Wand hängen und als völlig funktionsloses Ornament einer fremden Welt anschauen. Schon ein Rollstuhl ist hier in jedem Falle schlimmer als kein Rollstuhl. Denn erst muss der darin Sitzende über die Brücke und dann der Rollstuhl selbst. Und dann kommt auch schon die nächste Brücke.

Über Autos wollen wir erst gar nicht reden, aber es gab sie tatsächlich, die wahnwitzigen Pläne für eine „autogerechte Stadt", selbst hier in Venedig. Das war die Zeit, als man auch in Italien modern und industriell sein wollte und kein arkadisches Museum mehr. Da zerschlugen die Futuristen um Marinetti (so wie heute die demokratisch geweihte Ikone des Dissidenten Ai Weiwei) aus Protest altes Porzellan en masse: Es war die Urszene des italienischen Faschismus.

Die Pläne sind zum Glück vom Tisch, man hat sich mit einem riesigen Parkhaus in Tronchetto begnügt, dort aber endet die Autogesellschaft. In Venedig ist das, was anderswo das Auto ist – Statussymbol, Mobilitätsvehikel und Ärgernis in einem – das Boot. In Sachen Boot wird Venedig von einer Dreiklassengesellschaft beherrscht, die sich, wie sich das für eine Klassengesellschaft gehört, gegenseitig erbittert hasst. Wie viele Flüche die Vaporetto-Kapitäne tagtäglich über frech ihnen quer vor den Bug fahrende Gondeln ausstoßen! Aber die Gondoliere fühlen sich als diejenigen, die immer Vorfahrt haben. Sie machen den meisten Umsatz und haben außerdem die Tradition auf ihrer Seite. Dann, dicht dahinter, die Wassertaxen, deren Betreiber ein ebenso privilegierter Clan sind und erst dann kommt das eigentliche Massenverkehrsmittel, die Vaporetti, die Wasserbusse für jedermann. Die Einzelfahrt kostet inzwischen 7 Euro plus dem, wovon die Italiener nicht lassen mögen: Supplementa! Das sind Zuschläge aller Art, so für Gepäck, Hunde, Fahrten durch den Canal Grande usw. Die Monatskarte für Inhaber der Carta Venezia, in deren Besitz zu kommen ich einige Tage Arbeit investierte, kostet allerdings nur 32 Euro. Wer es schafft, irgendwie dazuzugehören, staunt, was es an Vergünstigungen, die hier niemand Privilegien nennt, so alles gibt.

Am häufigsten streiken hier immer diejenigen, denen es ohnehin am besten geht, die Gondoliere und die Wassertaxifahrer. Etwa, wenn die regierende Serenissima zaghaft in Erwägung zieht, die Zahl der Taxilizenzen zu erhöhen, um so etwas wie Wettbewerb ins monopolisierte Geschäft zu bringen. Dann wird regelmäßig zur Warnung der Canal Grande blockiert und die Stadtregierung kapituliert, bevor sie noch gekämpft hat. Wenn sie doch mal mutig ist, dann trifft es immer die Falschen.

Nachdem letztes Jahr am Rialto im dort besonders großen Schiffsgedränge ein deutscher Juraprofessor in einer Gondel erdrückt wurde, kündigte man Konsequenzen an. Doch die einzige Folge des Unglücks war, dass auf jeder Linie ein Vaporetto pro Stunde gestrichen wurde. Auf der Linie 1, die alle zehn Minuten fährt, ist das noch keine Katastrophe, nun fährt sie eben alle 12 Minuten und ist entsprechen überfüllt. Aber auf manchen Linien fuhren ohnehin nur drei Boote pro Stunde, jetzt nur noch zwei. So etwas erbittert den normalen Venezianer, der ohnehin eine aussterbende Spezies ist.

Vor meinem Balkon liegt ein privater Parkplatz, eine lange Reihe von nicht allzu großen Booten. Jedes hat seinen Platz. Je jünger die Besitzer, desto größer der Außenbordmotor, je stärker die Musikanlage. Vor einigen Tagen hatte hier die Feuerwehr einen Großeinsatz, als eines dieser übermotorisierten Boote kenterte. Die beiden Jugendlichen aus dem kieloben treibenden Gefährt standen ebenso nass wie schuldbewusst am Ufer und zwei Feuerwehrboote mit je sechs Mann Besatzung hantierten an Tauen und schließlich einer großen Pumpe, bis sie das Boot erst drehen und dann leer pumpen konnten. Dann kam noch ein weiteres Boot mit einem Taucher und holte von der Geldbörse bis zum Handy vom Kanalgrund, was an Wertgegenständen über Bord gegangen war. Das sah alles sehr routiniert aus. Jedesmal wieder ist man verblüfft, was für eine spezielle Infrastruktur doch eine Wasserstadt wie Venedig hervorgebracht hat – vom DHL-Paketboot bis zum trasporto funebre, dem Leichenwagen.

Mein Balkon ist mein Hochsitz. Nicht ich komme zu Venedig, Venedig kommt zu mir. So zumindest lautet mein Alibi, wenn ich bei der geringsten Sensation unten am Kanal aufspringe. Wer will schon etwas von dem verpassen, was in der Kleinstadt passiert?

Da unten halten sie alle, denn dort ist der einzige frei zu haltende Liegeplatz für Müllabfuhr, Krankentransport oder das Umzugsboot. Neulich nachts wachte ich vom Blaulicht eines Notarztbootes auf und als ich hinaus blickte, sah ich ein typisch venezianisches Nachtbild. Auf einer eigens konstruierten Schubkarre fuhr man ein schwer alkoholisiertes Mädchen vom Hintereingang eines Ostellos herbei.

Morgens um elf prallte ich dann bei Anblick eines Sarges zurück, den man verlud – von der Rückseite der Redentore-Kirche, wo die Trauerfeier stattgefunden hatte, ging die Fahrt von hier zur Friedhofsinsel San Michele. Wie das mit Kränzen und Blumen geschmückte Boot quer über die im Licht glänzende Lagune abfuhr, schien es ein Gleichnis auf Schönheit und Tod zu sein, jene Allegorie, auf die Venedig gegründet ist.

2014

Wie Greta Garbo, wenn sie schwimmt.
Poetik des Frierens

Daran, dass es schon einmal so kalt war im Sommer in Venedig, kann ich mich nicht erinnern. Gewitter, Regen und Nordwind bestimmen die Tage. Die Sonne kämpft nur für Stunden erfolgreich dagegen an. Sonst brauchte ich in der hochsommerlichen Venedig-Waschküche immer ein Handtuch im Nacken, saß wie ein Boxer in der Pause zwischen zwei Kampfrunden da und versuchte wenigstens den Computer trocken zu halten. Dieses Jahr aber brauche ich einen Pullover. Es fehlt nicht viel und ich müsste doch noch die Betriebsanleitung für die Heizung auf italienisch studieren, mit vorhersehbarem Ergebnis.

Es gibt Reisende, die suchen gerade das in Venedig: die Kälte! Joseph Brodsky etwa, der Russe aus New York, schreibt in *Ufer der Verlorenen*: „Jedenfalls würde ich nicht im Sommer hierher kommen, nicht einmal, wenn man mir ein Gewehr auf die Brust setzte." Er kam dann auch – bis zu seinem Tod 1996 – regelmäßig im Winter nach Venedig. Die Hitze vertrug er allein schon deshalb nicht, weil er schwer herzkrank war. Aber die Bevorzugung des Winters hat auch eine andere, eine poetische Seite. Denn im Winter werden die Venezianer auf wundersame Weise freundlich, vor allem bei Hochwasser. Anscheinend spüren sie das Versinken der Stadt und jeder Fremde ist plötzlich ein potentieller Retter.

Winter, das ist hier Refugium und Härtetest – Pause von der Anstrengung, eine touristische Hochleistungsanlage zu sein, und Härtetest, weil jetzt die Stadt mit sich allein ist. Wie soll sie wissen, wer sie ist, ohne es in den Augen der jährlich 15 Millionen Besucher zu lesen?

Bei Peter Ackroyd lese ich über die Winter, die Venedig bereits erlebt hat: „Im Winter 1607/1608 erfroren mehrfach Personen, die auf der Lagune Wasservögel jagten, und es wurde von Reisenden berichtet, die von Rudeln ausgehungerter Wölfe eingekreist und getötet wurden. Zu Beginn des 18. Jahrhunderts gab es ein berühmtes ‚Eisjahr', in welchem man auf Schlitten alle möglichen Vorräte in die Stadt brachte. Auch in Wintern anderer Jahre fror die Lagune zu, und die Venezianer konnten zu Fuß zum Festland hinüberwandern ... 1863 trieben große Eisschollen mit dem Wechsel der Gezeiten den Canal Grande hinauf oder herunter. Einen Monat lang war Venedig wirklich so etwas wie eine eingefrorene Stadt, eine bizarre Welt für sich: Nicht nur das Wasser war mit einer Eiskruste überzogen, sondern auch die Häuser und Palazzi, und es war blendend hell."

Das brannte sich ins Gedächtnis Venedigs ein – unerreichbar für alpines Wetter war man hier also nicht, auch wenn man auf der Südseite der Alpen zumeist von der Kälte des Nordens verschont blieb – aber eben nicht immer.

Im vergangenen Winter zog ich mit meinem Fotoapparat durch das neblig graue Venedig. Und traf dabei eine besondere Spezies: Mitvierziger, die ebenso wie ich allein mit ihren Fotoapparaten durch die Gassen streiften. Man sah sofort, dass sie nicht auf der Suche nach einem touristischen Schnappschuss waren. Alle jagten sie hier einem Bild hinterher, das diese längst tot fotografierte Stadt bisher nicht preisgegeben hat – obwohl es für jedermann daliegt, nicht verborgen, sondern an der Oberfläche.

Wäre es nicht allzu kokett, könnte man von einem Zug der Steppenwölfe sprechen, die, statt Hesse zu lesen, sich von ihren Familien eine Woche Urlaub erbeten haben, um dem Prinzip *Nicht für Jedermann* noch einmal mit aller – und sei es geborgten – restjugendlichen Naivität zu folgen.

Venedig ist ein tausendjähriges magisches Theater! Und außerdem der Ort, wo man sich als Nichtautofahrer nicht gleich minderwertig fühlen muss. Illusion ist alles, manchmal wenigstens. Noch der größte Skeptiker braucht für seine Weltverachtung ein sicheres Hinterland. Aber geht die Insel Venedig überhaupt unter? Es ist wie mit den unaufhörlich steigenden Immobilienpreisen und den hektischen Bauarbeiten an allen Ecken der Stadt – wer investiert, lebt am längsten.

Es ist diese marktkonforme Weltanschauung, vor der die Mitvierziger auf ihren einsamen Fototouren durch Venedig auf der Flucht sind. Aber auf irgendeine Weise bleiben sie dennoch darin gefangen. Das vereint sie im unglücklichen Bewusstsein: Es kann irrsinnig sein, aber noch wollen wir nicht ans Ende denken, noch liegt das Meiste vor uns! In Venedig fällt es leichter sich zu betrügen, weil hier der schöne Schein bewiesen hat, dass er langlebig zu sein vermag.

Joseph Brodsky ist der unangefochtene Meister unter den Venedig-im-Winter-Erzählern. Er hat allerdings auch den fatalen Du-Ton Venedig gegenüber aufgebracht, der nun so viele harmlose Fortsetzer im Reise-Wellness-Metier gefunden hat. Brodsky hat alles andere im Sinn, als angenehme Vorstellungen beim Leser zu erzeugen. Das Herz muss kühl sein, wenn es sich gelegentlich für etwas erwärmen soll. Aber doch nicht gleich die Füße! So ging er mit Wollsocken ins Bett und suchte den größtmöglichen Abstand zur Kälte verströmenden Wand. Heizungen haben in Italien ohnehin immer etwas von bloßem Ornament an sich, man sieht sie, aber spürt sie nicht. Vielleicht haben die Italiener im Sommer so viel Hitze gespeichert, dass sie nun die Winterkühle genießen – jedenfalls betteln immer nur Ausländer an Hotelrezeptionen um zusätzliche Decken, die es niemals gibt. Und so lautet dann auch Brodskys resigniertes Fazit: „Nur Alkohol kann den Polarblitz auffangen, der durch den Körper fährt, sobald du den Fuß auf den Marmorboden setzt, ob du Pantoffeln, Schuhe oder nichts anhast.“

Im Winter wohnt man in Venedig am besten in jenen Hotels, die im Sommer unbezahlbar sind. Eine Woche reicht dann, um die Probe auf den Satz von Brodsky zu machen: „Schönheit bei niedrigen Temperaturen *ist* Schönheit.“ Aber jetzt ist, wenigstens nominell, noch Sommer. Jeden Abend gehe ich von der Vaporetto-Station des Lido quer über die schmale Landzunge zum öffentlichen Badestrand an der Adria hinüber, der selbst kurz vor Sonnenuntergang noch überfüllt ist, während die überteuerten Badeanstalten mit ihren merkwürdigen Holzhütten, die in mehreren Reihen hintereinander gebaut sind, jedes Jahr leerer zu werden scheinen.

Das Wasser am Lido ist meist alles andere als klar und sauber. Abends im Meer zu baden, ist eigentlich ziemlich unklug. Denn trübes Wasser und Dämmerung, das sind Ort und Zeit, wo sich hungrige Haie einfinden, hat mich Hans Hass einmal gewarnt – und der war bekanntlich ein Freund der Fische. Aber die anderen gehen auch alle hinein, das sollte das Risiko für den Einzelnen vermindern. Mit dieser Logik sind schon Kriege geführt worden. Ab und zu schreit jemand laut auf, dann ist er gegen eine Feuerqualle gestoßen, die hier dicht an dicht herumschwimmen. Man muss sie ignorieren, wie Brennesseln am Wegesrand.

Auf dem Weg zum Baden komme ich auch an meinem Hotel des letzten Winters, dem *Grande Albergo Ausonia & Hungaria* vorbei. Bis auf kleine Geschmacksverbrechen durch eine Renovierung ist es immer noch als Jugendstilhotel erkennbar. Das Hotel hält als eines der wenigen auf dem Lido den Winter über offen, denn es gibt im Keller asiatische Blütenbäder und Massagen. Das einstige Kurhotel lässt sich auch an den zahlreichen Uhren in allen Aufenthaltsräumen erkennen – der Gast fühlt sich hier ein wenig wie ein Bahnreisender, wenn auch erster Klasse.

Mein schönes Eckzimmer offenbarte allerdings eine geradezu okkulte Eigenschaft, bei der ich an den raunenden Venedig-Magier Uri Geller denken musste, der gewiss sofort schreiend davon gelaufen wäre. Ich blieb, aber es war tatsächlich unheimlich. Denn schon als ich das Zimmer zum ersten Mal betrat, brannte die Lampe neben dem Bett. Auf Schalterdruck reagierte sie nicht und das Kabel, das nicht in einer Steckdose, sondern in der Wand verschwand, einfach herauszureißen, wäre gewiss zurecht als Sachbeschädigung aufgefasst worden. Ein ewiges Licht wie auf dem Friedhof?! Man könnte die Birne ganz herausdrehen, überlegte ich, aber dann wäre es des Nachts auch ganz dunkel. Ein Licht auf dem Nachttisch ist schon von Vorteil, es muss ja kein ewiges sein.

Doch man lernt schnell, wenn man muss. Also entwickelte ich die Technik, blitzschnell in die Lampe hineinzugreifen und die heiße Glühbirne eine Winzigkeit zu drehen: Dunkel. Nachts der umgekehrte Weg, ein entschlossener Griff, leichte Drehung: Licht.

Beim langen Herumlaufen im Venedig-Nebel habe ich mich erkältet. Hustend den halben Tag im Bett herumzuliegen ist im Hotel, je aufmerksamer es geführt wird, nicht so einfach. Immer muss man des Zimmermädchens gewärtig sein. Geht man zu früh raus, um es hereinzulassen, ist es nach einer Stunde, kehrt man zurück, noch unaufgeräumt – kaum hat man sich hingesetzt oder gar hingelegt, steht dann doch die Putzkolonne vor der Tür. Am ersten Tag kann man halb gekränkt sagen, danke sehr, jetzt nicht mehr, es geht auch so, schon am zweiten Tag, wenn sich das alles nach gleichem Muster wiederholt, quillt der Papierkorb über und die sich sammelnden leeren Weinflaschen werfen einen bedenkliches Licht auf den hier Hausenden. Hotelzimmer bleiben, selbst wenn man ein „Bitte nicht stören“ an die Tür hängt, eben doch ein Teil der Öffentlichkeit.

Es gibt eine verschlossene Verbindungstür zum Nachbarzimmer. In der ersten Nacht bemerke ich das kaum, aber in der zweiten höre ich dort plötzlich Geräusche – die Tür ist nicht schallisoliert, es klingt so, als ob plötzlich die Anreisenden mitten in meinem Zimmer stehen. Was ich höre, das ist wieder etwas, woraus Uri Geller ganze Fernsehsendungen macht. Ein Mann, eine Frau und ihr Gepäck sind da, das scheint unstrittig. Der Mann und die Frau sprechen gedämpft, immerhin. Ich sollte jetzt weiterschlafen – aber man ist dort anscheinend noch mit dem Auspacken beschäftigt. Und da ist es schon: das Geräusch von Plastikfolie, halb raschelnd, halb knisternd – nicht laut, aber unüberhörbar.

Ich wartete, einmal musste das Eingepackte doch von seinen Tüten und Folien befreit sein? Aber es endet nicht – es knistert und raschelt noch mindestens zwei Stunden nebenan und es würde auch an den nächsten Tagen – und Nächsten – so weiter gehen. Was war das? Eine Packstation der italienischen Post, Plastikfolienfetischisten die eine Wagenladung von Tüten mitgebracht haben und in diesen Tüten wieder Tüten mit Tüten? Ich war ratlos, am Tage genervt und nachts hellwach, auch dann noch, wenn es sich nebenan längst ausgeraschelt hatte. Am Morgen lief ich aus dem Zimmer, wenn es wieder anfingt. Ich kam mir vor wie Hermann Hesses Kurgast, der vom Holländer im Nebenzimmer akustisch okkupiert wird, bis er es lernt, ihn, den Störenfried zu lieben – umsonst, kaum ist diese gewaltige Selbstüberwindungsleistung vollbracht, reist der Holländer ab und der Kurgast fühlt sich um seine buddhistische Leistung betrogen.

Vergeblich versuchte ich ein Bild von dem raschelnden Pärchen nebenan zu erhaschen. Sie kamen und gingen so leise (das immerhin!), dass es mir nicht gelang, zur gleichen Zeit wie sie aus der Tür zu treten. Beim Frühstück blickte ich um mich, wer könnte es sein, der mich hier mit seinem Verpackungswahn foltert? Alle sahen sie harmlos aus und blickten unschuldig in ihren Morgenkaffee.

So ging das einige Tage. Dann, eines Morgens, raschelte es noch einmal besonders exzessiv – man packte offensichtlich. Dann herrschte Ruhe, der ich immer wieder ängstlich nachhorchte.

Aber wir waren bei Joseph Brodsky. Als ich diesmal, wie jedes Jahr, auf die Friedhofsinsel San Michele fahre, bin ich irritiert. Überall Baukräne, ein Betonbau mit vielen winzigen Räumen wächst gleich hinter dem kleinen, ewig verwilderten evangelischen Teil des Friedhofs empor: ein Columbarium. Hier, mitten im Baulärm, steht sehr aufrecht der leuchtend

helle Grabstein von Joseph Brodsky. Viele andere liegen halb oder ganz umgestürzt, eine Folge des letzten Hochwassers.

Brodsky hat die anstrengende, dabei immer auch oberflächliche, selbstverliebte und – auch das – schmuddelige Diva Venedig beharrlich ihren Verächtern zu erklären versucht. Sie sei „wie Greta Garbo, wenn sie schwimmt". Die Göttliche, die Geheimnisvolle, plötzlich auch ein bisschen lächerlich? Ein bisschen bestimmt.

2014

Winterliche Nebelgänge einer Hotelratte

Bleiben wir noch einen Moment bei der Rückblende auf das winterliche Abseits, das Venedig jedes Jahr wieder aus jener Verzückung herausreißt, in die es im Sommer über sich selbst gerät. Eine Pause, die einer Katharsis gleicht.

Das hat etwas mit den Raumverhältnissen zu tun, dem nicht mehr veränderbaren Grundriss (es sei denn durch brutalen Abriss) der Altstadt. Die Peripherie (Mestre!) wächst, aber das Zentrum, der magische Kern, das Geheimnis eines so langen Fortbestehens fast ohne jede Veränderung des Erscheinungsbildes, bleibt, wie durch Wunderhand geschützt, davon unberührt. Die Klarheit, nach der Venedig funktioniert, geht bis auf jenen Grund, der alles wieder in Nebel taucht.

Diese Stadt ist ein Labyrinth, durch das einen kein Stadtplan je auf kürzestem Weg führt. Es gibt ihn nicht, den direkten Weg, er liegt außerhalb dessen, was Venedig zusammenhält. Es ist kein Magen, der alles verdaut, es ist aber auch nicht das Gehirn, das alles logisch ordnet.

Das Hotel *Pausania* in Dorsoduro ließ einiges davon ahnen: Vor dem Haus am Kanal überall Stapel von Gehwegplatten, dazwischen im Nebel mit orangenen Arbeitsjacken bekleidete Steineklopfer. Im Palazzo auf der Kanalseite gegenüber: ein Fitnessclub, in dem gerade Hochbetrieb herrscht. Meine Bitte um ein ruhiges Zimmer wurde vom Portier an der Rezeption mit einem bitteren Lächeln quittiert. Denn was ich noch nicht weiß, auch im Haus nutzt man den Winter, um zu renovieren. Aber er hatte natürlich ein sehr ruhiges Zimmer für mich – mit Blick auf den Hof. Ein venezianischer Hof, 16. Jahrhundert, versicherte er mir, die Treppe da sei doch prachtvoll. Ja, überaus prachtvoll, da gingen dann all jene an meinem Fenster vorbei, die in die obere Etage wollten.

Der Hof war dunkel und wenn ich kein Licht machte, dann wohnte ich hier auf meinem Treppenabsatz wie ein verborgener Hausgeist. Im Zimmer selbst waren auch keine Handwerker, das sei ausdrücklich angemerkt, nur in den leerstehenden rechts und links von mir. Der Flur war sorgfältig mit Zeitungspapier ausgelegt und darauf türmte sich Baumüll. Wenn ich zur Treppe ging, eher schlich, dann fühlte ich mich wie eine venezianische Ratte in ihrem dunklen Reich.

Ab sechs Uhr morgens wurden die schweren Arbeiten erledigt: Waschbecken aus- und Badewannen eingebaut. Eine hindernisreiche Arbeit, so schien es, denn sie bedurfte vieler Flüche und noch mehr animierender Rufe von der Baustelle links zur Baustelle rechts – über die Insel der Ruhe hinweg, als die mein Zimmer trotzig die Kommunikationsstörung betrieb zwischen Leuten, die hier für ihr Geld schwer arbeiten mussten. Wenn ich vorsichtig den Kopf zur Tür herausschob mitten ins Baustellengetümmel hinein, war man jedesmal aufs Neue erstaunt, etwa so, wie wenn man in einer Stadt im Katastrophengebiet unerwartet auf einen Überlebenden trifft: Da ist ja noch einer!

Aber das Zimmer gefiel mir trotzdem, was wohl an dem großen venezianischen Kronleuchter lag, der immer nur leicht vibrierte unter dem Dröhnen der Bohrmaschinen und Hammerschläge nebenan – nein, ich will nicht übertreiben, Presslufthämmer waren nicht darunter – und dessen Licht den nicht eben kleinen Raum in eine Art Tanzsaal verwandelte, der von einem Erdbeben leichterer Natur getroffen zu sein schien, so dass nun die Gäste ausbleiben. Ich ließ das Licht aber nur brennen, wenn ich mein Incognito als dämmriger Hausgeist aufgeben wollte – denn in seinem strahlenden Glanz war ich selber plötzlich die Attraktion für die dicht an den Fenstern Vorbeigehenden. Und so wohnte ich dann jeweils für Stunden mitten im Scheinwerferlicht auf der Bühne meines Zimmers.

Auf der *Pausania*-Baustelle blieb ich nur für drei Nebeltage – ausreichend für lange Foto-Gänge durch Dorsoduro. Einmal stehe ich direkt vor einem Gefängnis – ein bizarrer Anblick.

Hohe Mauern, Wachtürme und mindestens drei deutlich erkennbare Posten mit Maschinenpistolen. Der mir am nächsten auf der Mauer, fixiert mich, wie ich da unschlüssig herumlungere und meinen Fotoapparat unentschlossen hin und her wende. Soll ich hier fotografieren, wo es doch in Venedig für Fotos eigentlich keine Tabus gibt? Lieber nicht.

Ich gestehe, ich bin kein Museumsgänger, aber bei der Akademie mache ich jedes Mal eine Ausnahme. Da kann man besichtigen, wie die Venezianer sich selbst und ihre Stadt sahen – und wie sie von anderen gesehen werden wollten. Giovanni Bellini (einer von drei malenden Bellinis, wie es zahlreiche Malerdynastien in Venedig gab) ist für mich jedes Mal die Hauptattraktion. Was für stoische Gesichter! Das Jesuskind auf dem Arm der Jungfrau Maria schaut so abgeklärt, als trage es sämtliche Argumente der Religionskritik des 19. Jahrhunderts bereits in sich. Und das im 15. Jahrhundert! Bellini verbindet Verklärung mit Grausamkeit auf eine so provozierend harmonische Weise, dass man fast von einer „Ästhetik des Schreckens" zu sprechen versucht ist. Auf dem Bild des von Pfeilen durchbohrten Märtyrers breitet sich die Atmosphäre eines ruhigen Stilllebens aus. Da wird eine überzeitliche Wahrheit behauptet, deren Schönheit noch so viele Pfeile nicht stören können. Aber der leidende Mensch? Er ist verdammt zum Zeugen der göttlichen Botschaft. Und doch hat man bei Bellini immer den Eindruck, er stilisiere bewusst etwas des schönen Scheins wegen, das nicht mit der Wirklichkeit verwechselt werden will.

Vor Giorgones *Das Gewitter* bleibe ich jedes Mal aufs Neue fasziniert stehen. Wasser! Luft!, Licht! – daraus ist schließlich auch Venedig entstanden. Manchmal ist die Gestalt, in der dieses Trio auftritt, dann allerdings dichter Nebel. Tintoretto, einige Säle weiter, immerhin schon 17. Jahrhundert, wirkt bereits ganz offen wie pure Dekadenz. Alles scheint in dramatische Bewegung geraten, in expressiver Großflächigkeit verlieren sich die Details. Aber es atmet die Natur, es bewegt sich der Mensch, der nun mit den Mächten des Himmels streitet wie ein Regisseur, der ein Theaterstück aufführen soll.

An Tintoretto scheiden sich die Geister. Eckart Peterich sagt, in der Komposition seiner Bilder sei er ein Dramatiker, in der Farbe und Beleuchtung ein Mystiker. Also ein Ekstatiker, der sich um Ebenmaß und Form wenig kümmert, die „unio mystica" als einen Moment der Verschmelzung des Einzelnen mit Gott, des Endlichen mit der Unendlichkeit feiert. Bei diesem Maler sei auch zum ersten Mal der Teufel nicht als „hässliches Gespenst, sondern als schöner Verführer" dargestellt.

Dem Expressionisten von Naturell Kasimir Edschmid muss Tintoretto natürlich nahe sein. Darum verwundert es nicht, in seinen zahlreichen Italienbüchern immer wieder ausführliche Tintoretto-Passagen zu lesen, die um die Scuola di San Rocco kreisen, das Tintorettomuseum. Er kennt auch die Feinde dieses die Form so über jedes natürliche Maß ausdehnenden Malers: „Stendhal erwähnte ihn, während er Tizian zehnmal aufzählte, kein einziges Mal, und Jakob Burckhardt mißachtete ihn." Auch in Venedig schätzte man ihn lange nicht, hängte sein Bilder so hoch oder in dunklen Ecken auf, dass man sie nicht erkennen konnte: „Aus manchen Bildern schnitt man die Szenen heraus, die nicht gefielen, auf andere malte man das hinzu, was man brauchte." Tintoretto also: bloßes Material? Es scheint so. Vor allem wohl, weil sein Zugriff, wie Taine formuliert, „rasch und dämonisch" ist.

Taine gehört zu den wenigen Autoren, die sich im 19. Jahrhundert zu Tintoretto bekennen, obwohl auch ihm dieser Maler etwas „zu rasch" arbeitete. Jedoch, ohne Tintoretto in Venedig gesehen zu haben, so Taine, habe man keine Vorstellung davon, was die schöpferische Kraft eines Künstlers hervorzubringen imstande sei: ein eigenes Universum.

Interessant ist, dass sich auch Jean-Paul Sartre 1951 zu den Verächtern Tintorettos stellt. Er notiert: „Ich wollte über diesen Maler sprechen, und nun mag ich ihn nicht mehr. Ich werde sagen, warum. Er ist ein großer Maler, einer der größten, aber ihm fehlt etwas. Bestimmt der Glaube." Spricht hier Sartre vor allem über sich selbst, ist er auf der Suche nach einem Glauben – den er dann bei den Kommunisten finden wird, die dem unorthodoxen Geist, den er verkörpert, jedoch immer misstrauen werden?

Erst später – als er keinen Glauben mehr sucht, selbst den Zweifel kultiviert – wird sich Sartre eingehender mit Tintoretto befassen. Das ist die Zeit, als er sich auch mit Flaubert zu beschäftigen beginnt, ebenfalls einer, der an nichts als an gut formulierte Sätze glaubt und den Sartre anfangs genau deswegen nicht mag (um später in *Der Idiot der Familie* dreitausend Seiten über ihn zu schreiben!).

Im Jahre 1951, als er durch Venedig spaziert, reagiert er überaus empfindlich auf alle Zeichen, die vom Verlust jenes verbindenden Glaubens zeugen, der den Einzelnen mit dem Allgemeinen einst so fest verband: „Alle diese Kirchen umschließen einen Raum, der gelebt hat und tot ist. Nicht mehr heilig ist. Bloßes Möbellager: Anhäufungen von widersprüchlichen und absurden Reichtümern. Was kann die Einheit eines Ortes sein, der den Bellini, den Donatello und das Grabmal des Dogen Pesaro *zusammen* enthält?"

2014

Das Sternbild der Gitarre

Nachts kann es sehr still sein in Venedig. Bereits vor Mitternacht beginnt man darum auf dem Balkon unwillkürlich zu flüstern. An den Nachbarhäusern sind dann längst die Fensterläden geschlossen, kein Lichtschimmer und schon gar kein Ton dringt heraus. Da die Venezianer Frühaufsteher sind, gehen sie zeitig schlafen und reagieren empört auf jede Störung. Einheimische, wenn sie doch einmal spätabendlich unterwegs sind, schleichen als dunkle Schatten die Kanäle entlang.

Es gibt also zwischen Mitternacht und sechs Uhr morgens nur eine Lärmquelle in der Stadt: Touristen! Die lassen sich von der geisterhaften Leere der Stadt täuschen und benehmen sich so, als ob sie allein wären. Doch hinter all den Fensterläden liegen schlaflose Lauscher auf der Lauer – ich gehöre dazu. Rechts und links von meiner Wohnung befinden sich – allerdings in gehörigem Abstand – zwei Ostellos, Jugendherbergen. Eine unberechenbare Lärmquelle. Sie liegen zwar mehr als hundert Meter entfernt, noch dazu um die Ecke direkt am Giudeccakanal, aber Venedig ist ein einziger Schalltrichter.

Hier kann man jenen akustischen Effekt studieren, den man auch das „Ohr des Dionysios" nennt. Man sieht in der Ferne Gestalten – und hört ihre Stimmen so klar, als ob sie neben einem stünden. So freue ich mich über jedes spätabendliche Gewitter, reichlich Regen sichert einen geruhsamen Schlaf. Wehe aber, wenn die Nacht mild zu werden verspricht! Da lagert sofort ein Dutzend Jugendlicher mit Bierflaschen und Gitarre auf der kleinen Brücke, die über den Kanal führt. Optisch ziemlich weit weg, akustisch hautnah. Am leisesten sind immer die Japaner. Ich bin ein großer Anhänger dieser stillen Stadtfotografen geworden, die niemanden stören. Am lautesten aber sind die Amerikaner, die immer im Kollektiv unterwegs sind und auch am stärksten alkoholisiert scheinen.

So liege ich dann lange nach Mitternacht im Bett und höre jeden Satz in einer Lautstärke, als gelte es die Weiten der texanischen Wüste zu durchdringen: „In America …" Ich schlafe erneut ein, um mit „In America …" einige Minuten später wieder hellwach dazuliegen. Amerikaner in Venedig können offenbar nur über Amerika reden. Die jungen Barbaren aus Übersee wissen nicht, dass die venezianische Nachtruhe etwas Unantastbares ist. Denn um sechs Uhr morgens bricht unweigerlich die hier typische Betriebsamkeit aus, die bis gegen zehn dauert, dann scheint das echte Venedig wieder schlafen zu gehen und den Tag den Touristen zu überlassen.

Boris Pasternak kam 1912 nach Venedig und er erlebte die Stadt nicht nur mit dem Auge, auch mit dem Ohr. An seinem ersten Abend in Venedig ist er auf der Suche nach einem „allerbilligsten Nachtquartier". So wandert er durch die Gassen mit einer vagen Beschreibung von einem Gasthaus am Campo Morosini in Händen und gibt sich, trotz wachsender Müdigkeit, ganz den romantischen Assoziationen eines nächtlichen Venedigs hin: „Wenn man mich damals gefragt hätte, was Venedig sei, hätte ich gesagt: Helle Nächte, winzige Plätze und stille Menschen, die einem seltsam bekannt vorkommen."

Kaum hat diese Stilisierung von ihm Besitz ergriffen, ist er an seinem Ziel, dem „allerbilligsten Nachtquartier" angelangt und schon zerplatzen die erhabenen Gefühle wie Seifenblasen im Spülwasser unter den Händen einer energischen Hausfrau: „Na, mein Freund, schrie mein Wirt, als wäre ich taub."

So geht es einem tagtäglich in dieser Stadt, die sich Brechts „Glotzt nicht so romantisch" zum heimlichen Motto erkoren zu haben scheint. Venedig ist eine reichlich ordinäre Schöne, zu deren empfindsamer Seite man sich erst hindurcharbeiten muss. Und die Venezianer sind seit Jahrhunderten Meister der Irreführung. Dass sie heute die ganze Welt aufrufen, das untergangsbedrohte Venedig (die überteuerten dauerfeuchten Immobilien) zu retten, ist pure Routine. Schon als das Papsttum im Jahre 1204 den vierten Kreuzzug organisierte, um Jerusalem für die Christenheit zu erobern, setzte sich der venezianische Doge Enrico Dandalo routiniert an die Spitze der Unternehmung. Doch er leitete den Zug der Kreuzritter kurzerhand um. Statt in Jerusalem kamen sie in Konstantinopel an, wo umgehend ein Venezianer die Macht in die Hand nahm. Praktische Leute sind das hier, bis heute.

Unter den Liebhabern Venedigs ist Pasternak vielleicht der fantasiebegabteste. Was gewiss auch daran liegt, dass für ihn Venedig eine Art Transitstation zwischen Marburg, wo er neukantianische Philosophie studiert hatte, und Moskau war. Was er in Venedig, das wie eine „schwimmende Galerie auf der Kloake" auf ihn wirkt, sofort spürt: Osten und Westen liegen hier so eng umschlungen im Kanalbett, dass man nicht mehr genau erkennt, wo das eine anfängt und das andere aufhört. Wenn man heute an der *Fondaco dei turcié* oder dem *Fondaco dei tedeschié* steht – Vaporettostationen, die an türkische und deutsche Handelsniederlassungen erinnern, weiß man, was er meinte. Die Erinnerungen an etwas, das einmal war, prägen die Atmosphäre eines Ortes über den eigentlichen Anlass hinaus – und das hier immer viel stärker als anderswo.

Pasternak geht in seiner Schilderung bisweilen über die Grenze des Blumigen hinaus. Die erste Begegnung mit einer venezianischen Gondel hat gewiss schon viele Assoziationen ausgelöst, aber solche noch nicht. Für andere fährt in dem schwarz lackierten Gefährt der Tod immer mit, bei Pasternak dagegen weckt die Gondel eine etwas kompliziert zu handhabende Lust: „Die Gondel war riesig wie eine Frau, riesig wie alles, was eine vollendete Form besitzt und in keinem Verhältnis steht zu dem Platz, den sein Körper im Raum einnimmt." Das klingt sehr nach pickeligem deutschen Neukantianer, der, erstmals unter einem starken sinnlichen Eindruck stehend, sich diesen begrifflich vom Leib zu halten versucht.

Zurück zu den Amerikanern aus meinen Nächten. Kürzlich standen sie nachts um zwei plötzlich in Badehosen auf der kleinen Brücke über den Kanal und übten sich im Kopfsprung. Das ging nicht ohne Gitarre, Bier und heftige diskursive Einschübe á la „In America …“. Es war ein bisschen wie Woodstock und unter all den wütenden Nachbarn, die protestierend die Fensterläden aufstießen war ich in diesem Moment wohl der gelassenste.

Wie hatte ich doch gerade bei Pasternak gelesen: „Hätte ein Fremder meinen Blick beobachtet, dann hätte er gewiss gesagt, dass ich zwischen Schlaf und Wachen zu ergründen suchte, ob über Venedig nicht ein neues Sternbild aufgegangen sei, von dem ich bereits eine vage Vorstellung hatte – das Sternbild der Gitarre.“

2014

Kein Pferd, nirgends

Kürzlich kam meine Tochter aus Berlin und erhöhte damit nicht unerheblich die Betriebstemperatur der Lagunenstadt. Den ganzen Tag und die halbe Nacht schweifte sie umher, ging in die Accademia-Galerie, wo die wunderbaren Bellinis hängen und jetzt gerade Sonntags freier Eintritt ist, entdeckte eine irische Volkstanztruppe, die abends am Fischmarkt bei Rialto probte, suchte nach versteckten Jazz-Clubs – und war überall gleich mittendrin. In vier Tagen hatte sie viel mehr erlebt, als ich in vier Wochen, ach was, vier Monaten, um nicht gleich von Jahren zu sprechen.

Wie könne ich überhaupt über Venedig schreiben, meinte sie tadelnd, wenn ich gar nichts erlebe? Dieser Einwand trifft den wunden Punkt einer Autorenexistenz: Schreiben ist nun mal etwas anderes als erleben. Wer schreibt, hat keine Zeit etwas zu erleben – oder anders gesagt, er verlagert den Erlebnisaspekt des Lebens ins Schreiben. Weil das nur begrenzt befriedigend ist, muss er immer weiter schreiben. Nebenbei bemerkt, ist schreiben Arbeit, die leicht aussehen soll, selbst dann, wenn sie schwer fällt. Aber berechtigt ist der Einwand schon, wie will man etwas über einen Ort schreiben, das ihn charakterisiert, wenn man das Haus kaum verlässt?

Nun muss man an eine in Vergessenheit geratene Kulturtechnik erinnern: das Lesen. Denn wer etwas schreiben will, sollte sich mit denen beraten, die bereits über das gleiche Thema geschrieben haben. Das erfordert Zeit – und Stille. Und als zweites sollte man beobachten, was um einen herum geschieht. Dazu braucht man einen Abstand, denn wer als Erlebnispartikel mit dem Strom mitläuft, kann ihn nicht gleichzeitig in allen Details studieren. Also ist es überaus sinnvoll, Venedig bei Sonnenuntergang mit einem Glas Wein in der Hand vom Balkon aus ins Auge zu fassen. So weit meine sophistisch-didaktische Selbstrechtfertigung für ein wohl nicht

zu Unrecht konstatiertes Übermaß an Passivität. Doch es ist etwas anderes als bloße Bequemlichkeit, es ist die Scheu vor einer unangemessenen Handlung. Warum etwas tun, wo man es ebenso gut unterlassen könnte? Die Frage der Notwendigkeiten stellt sich in dieser Stadt mit einem gewissen existenziellen Nachdruck. Wie oft bin ich am *Café Florian* auf dem Markusplatz vorbeigegangen und habe mir gesagt, es kann doch nicht sein, dass ich da noch nicht gesessen habe! Aber ich tue es nicht.

Nicht, weil man hier für die Tasse Kaffee inzwischen fast zehn Euro bezahlt, plus fünf oder sechs Euro für die Musik, vorgetragen von professionellen Caféhausschrammlern in einer jede Melodie tötenden Routine, unterbrochen nur von gelegentlichen Anflügen geheuchelten Enthusiasmus, der sich gar nichts daraus macht, als solcher sofort durchschaut zu werden – sein Geld wird man in dieser Stadt ohnehin schneller los als anderswo, also Geiz ist es nicht, jedenfalls nicht nur.

Diese seltsam unverschämte Atmosphäre mit uniformierten Kellnern, die sämtlich wie andernorts ausgemusterte Türsteher wirken, die ganze künstlich erhitzte Aufwallung der Musik – all dies ist vermutlich ein Nachklang der Besatzungszeit durch k.u.k. Österreich-Ungarn und hat etwas von einem verstaubten Rotlichtbezirk, der nur noch matt historisierend leuchtet. Ich gehe ganz gern am *Florian* vorbei, besonders spätabends und schaue mir im Vorbeigehen an, wie die falschen Leute einen Ort besetzt halten, der sie nicht meint. Natürlich sitzt dort kein Venezianer. Niemals! Aber das ist nicht der Grund, warum auch ich hier noch nie war – mir fehlt an diesem Ort jene spezielle Verhaltenheit, die Venedig durchaus zu verströmen vermag. Nicht alles hier ist fauler Zauber, mancher ist auch echt!

Mit dieser Art von Handlungshemmung, die leicht mit Hochmut verwechselt werden könnte, bin ich zum Glück nicht allein. Als August von Platen am 7. September 1824 in Venedig ankommt, mit dem Dampfboot von Triest, denn noch gibt es weder einen Damm, noch eine Eisenbahn, notiert er in sein Reisetagebuch – nichts. Das Schweigen dauert eine Woche lang. Dann endlich am achten Tag seines Hierseins: „Die Fülle der Gegenstände ist zu groß, um in der bisher beliebten Art fortfahren zu können. Manches Herrliche sieht man nur so flüchtig, dass man kaum wagt, davon zu sprechen, und lange Zeit ging ich hier wie im Traume herum, aus dem ich mich langsam erhole."

Das Wirkliche hat in Venedig eben immer Schlagseite, droht, ins Unwirkliche zu kippen. Der Stadt ist die Phantasie in die Fundamente eingesenkt, man schaut anders an, was sich da bei jeder Ankunft neu – je nach Jahreszeit und Windrichtung – aus Nebeldunst oder Hitzeflimmern erhebt. Und dann steht auch Platen auf dem Markusplatz – die große Scheu davor, sein Traumbild nun gleichsam mit Füßen treten zu müssen, haben seine Sonette eindrucksvoll bewahrt: „Ich steig an Land, nicht ohne Furcht und Zagen, / Da glänzt der Markusplatz im Licht der Sonne: / Soll ich ihn wirklich zu betreten wagen?"

Was ist aus dieser Scheu eigentlich geworden? Uns erschüttert doch kaum mehr etwas, alles, was es an Bildern irgendwo gibt, ob schrecklich oder schön, steht uns jederzeit zur Verfügung – per Mausklick ist alles da, was je an Bildern ins Netz gestellt wurde. Aber auch die Maus ist ja bereits ein antiquiertes Bild, bei meinem neuen Computer tippe ich einfach mit dem Finger auf den Bildschirm, um Befehle zu geben, ob ich das nun will oder nicht. Allerdings rächt sich die Technik regelmäßig für solch unziemliche Berührung mit Befehlsverweigerung.

Auch Venedig rächt sich, wenn man es zum frivolen Freizeitpark für Besserverdienende degradiert. Venedig kann auch anders, notfalls macht es sogar ernst und versinkt doch noch – trotz des „MOSE"-Schleusensystems oder gerade wegen ihm. Bis dahin kann dann jeder hier das bewundern oder vermissen, was er mag. Der nörgelige Montaigne, der 1580 hierher kam, ist jedenfalls von einer Tatsache überwältigt: endlich einmal eine Stadt ganz ohne Pferde! Diese Auskunft hat übrigens bis heute ihre Richtigkeit behalten.

Venedig braucht offenbar beides, um sich dauerhaft über Wasser zu halten, Bewunderer und Verächter. Nicht selten vereint sich beides in einer Person. Donna Leon, die Amerikanerin in Venedig etwa, kennt die hier perfektionierte Technik, sich selbst ins beste Licht zu rücken. Die im Schatten – also die Touristen – erkennt man als einzelne nicht in der Masse, ihnen kann man bequem die eigenen Sünden aufladen: „Für einen Großteil der Schäden, die den Strukturen der Stadt zugefügt werden, sind Touristen verantwortlich – zumindest werden sie dafür verantwortlich *gemacht* –, aber man könnte mir nur schwer einreden, dass ein Tourist seine Waschmaschine nach Venedig schleppt, um sie hier in den Kanal zu werfen."

Manchmal möchte man doch daran glauben, dass den Amerikanern die Zukunft gehört, zumindest im Falle von Donna Leon und Venedig.

2014

Drogen und Rausch

„Man könnte Stunden damit verbringen, diese Abstufungen, Tönungen und diesen Glanz zu betrachten.“
Hippolyte Taine

Prix ist vielleicht der einzige wirkliche Billigmarkt in Venedig. Dass er auf der Giudecca-Insel liegt, nicht weit von der Redentore-Kirche, nicht weit von meiner Wohnung, ist kein Zufall. Hier wohnt das Volk von Venedig, in der zweiten Reihe, den Blicken der Touristen verborgen um den Campo Junghans herum und noch weiter hinter dem vormaligen Fabrikgebäude und jetzigen Luxushotel *Molino Stucky*, wo sich das Viertel mit dem sozialen Wohnungsbau Venedigs in Billigbeton erstreckt. Als Ghetto der Armen will man das hier nicht gern verstanden wissen, aber es ist – bereits in fühlbarer Nähe zu den Hafenanlagen – doch ein Ort, über den die Venedig-Reiseführer, selbst die alternativ gestimmten, nichts zu berichten haben.

Im *Prix* also kaufen die ein, die wenig Geld haben. Auch das gibt es in Venedig. Alte Frauen mit ihren Einkaufsnetzen, die extra mit dem Vaporetto herüber gefahren kommen, rotgesichtige junge Männer in schmuddeligen Trainingsanzügen, die ganze Kartons mit Bierbüchsen davon schleppen und jene sich hierher verirrenden dehydrierten Touristen, die froh sind, im *Prix* eine 1,5 Liter Flasche Wasser nicht für vier oder fünf Euro wie am Markusplatz, sondern für 19 Cent kaufen zu können. Die Gänge des Supermarkts sind immer mit Kartons verstellt, vollen und leeren durcheinander, jeder schiebt sie hin und her, will an die Regale dahinter gelangen. Man ist herzerfrischend unfreundlich.

Hier gibt es alles, was man zum Überleben in einer Stadt braucht, die ganz und gar aufs Geld fixiert ist. Nur das Weinregal habe ich mir abgewöhnt überhaupt noch zu beachten.

Die Weine kosten ein bis zwei Euro, für den Preis kann es aber doch nur Zuckerwasser mit Farbstoff und Alkohol sein.

Neulich habe ich gesehen, wie *Prix* beliefert wurde. Es kamen nicht die sonst für Venedig typischen blauen Transportboote mit den laut redenden und heftig gestikulierenden Männern, venezianisches Urgestein mit freiem Oberkörper und immer eine Parallelkommunikation mittels zwischen Kinn und Schulter geklemmtem Handy führend, dabei ihre unförmigen Kähne traumsicher noch in die kleinste sich bietende Lücke quetschend, nein, das hier lief auf anonyme Weise fabrikmäßig organisiert ab.

Ein großer Ponton wurde von einem Schleppboot den Giudeccakanal hinauf gezogen, darauf stand, frisch von der Autobahn, ein Fernlaster und dahinter gleich ein Kran. Vor dem *Prix* begann der Krahn den LKW zu entladen. Lauter passgenaue Containerboxen auf Rädern. Nach zehn Minuten zog der Schlepper den Ponton samt LKW und Kran wieder den Kanal hinab. Soll man diese perfekte Logistik nun bewundern? Derart automatenhaft wirkt sie gespenstisch und muss für das traditionelle Transportsystem der Stadt ruinös sein.

Venedig ist natürlich ohnehin eine Stadt der Ersatzstoffe: Traumersatzstoff, Lebensersatzstoff, Jugendersatzstoff. Seit 1847 der Eisenbahndamm die Inselexistenz der Stadt beendete, übt sie sich in Existenzsimulation, vorgeblich unberührbar von Alter, Verfall und Untergang, den eigenen Tod immer wieder überlebend. Man ist angeschlossen an die Welt, aber gibt sich weiterhin beharrlich den Anschein, als läge man immer noch auf einer Insel, unerreichbar für die profanen Dinge des Lebens. Doch irgendwie müssen die bald zwanzig Millionen Besucher des Freiluftmuseums Venedig pro Jahr durch die Stadt geschleust werden – und alle auf dem Wasserweg. Das geht nicht ohne die Kraft der Suggestion, der besondere Reiz des Ortes rechtfertige alle Kosten, Mühen und zugefügten Erniedrigungen.

Schon seltsam, auf der kleinen Insel Torcello, eine lange

Stunde Vaporettofahrt von Venedig entfernt, wohnten im frühen Mittelalter über zwanzigtausend Menschen. Heute sind es vielleicht noch zwanzig. Torcello war eine erste Zuflucht vor den kriegerischen Unbilden des Festlands, bevor Venedig es von diesem Platz verdrängte. Inzwischen ist sie nicht mehr als eine abgelegene Insel mit einer überdimensionierten Kirche, von glanzvollen Zeiten kündend, die lange vorbei sind. Dass Venedig nicht passierte, was Torcello geschah, ist allerdings bewundernswert. Doch hat der so erfolgreich geführte Kampf um Anerkennung seinen Preis. Die Rücksichtslosigkeit der touristischen Selbstvermarktung, bei gleichzeitig stakkatohaft gesteigerten Kassandrarufen über die selbst angelockten Besucherströme, grenzt an Schizophrenie als erfolgreich kultiviertes Geschäftsmodell.

Und doch muss es etwas geben, das abhängig macht von der Droge Venedig. Es kann doch nicht allein Masochismus sein! Warum also lässt man sich für den faulen Zauber, den die Gondeln und das Café *Florian* verbreiten, auf eine Weise ausnehmen, als habe man ein ganzes Jahr sein Geld nur darum mühsam verdient, um es hier in kürzester Zeit in einen der Kanäle zu versenken? Vielleicht ist es gerade das direkte Nebeneinander von höchstem Zauber und schnödestem Kalkül, das derart gefangen nimmt?

Meine Wohnung ist natürlich nicht meine Wohnung, sondern nur für einen Monat gemietet, zu einem überaus stattlichen Preis. An manche Dinge gewöhnt man sich, an andere eher nicht. Als ich in meinem diesjährigen Mietvertrag den Extra-Posten Endreinigung für 160 Euro entdecke, frage ich bei der vermittelnden Agentur an, ob sie das nicht selbst für sittenwidrig hält? Ich solle mich nicht mit dem Kleingedruckten aufhalten, bekomme ich zur Antwort, wichtig sei doch der Gesamtpreis und der sei – was venezianische Verhältnisse betrifft – unschlagbar günstig.

Zurück zur Frage, warum man trotzdem immer wieder herkommt. Hippolyte Taine, der begnadete französische Kunstschriftsteller, gibt eine Antwort zum „Kolorit Venedigs“, die gerade in ihrer Merkwürdigkeit immer noch gültig erscheint: „Dies ist die Perle Italiens, ich habe nichts Ähnliches gesehen und weiß nur eine Stadt, die dem sehr entfernt und nur was die Gebäude betrifft, nahekommt: Oxford.“

Es ist wohl so, dass selbst ausgewiesener Maßen vernünftige Menschen an diesem, im ständig wechselnden Licht der Lagune vor sich hin flimmernden Ort ein wenig verrückt werden.

Ist Venedig eine Droge? Egal, auf nach Oxford!

2015

Besatzer und Besetzte

Am Tag lärmen die Zikaden aus dem parkähnlichen Garten von Friedensreich Hundertwasser herüber, zu ihm gehört ein rotverputzt bröckelndes Haus an meinem kleinen Kanal. Die hervorstechende Eigenschaft dieses Gebäudes sind mehrere überdimensionierte Schornsteine, die wirken, als sollte das Haus nur im Winter genutzt werden. Bei der Casa Hundertwasser, die man über eine immer verschlossene Eisenbrücke erreicht, sehe ich nie jemanden. Hundertwasser ist ja auch längst tot, wer also wohnt hier – sein Geist? Immerhin, die Blumentöpfe auf dem Balkon scheinen regelmäßig gegossen zu werden. Gleich an die Gartenmauer und die fünf großen Schornsteine schließt sich die Mauer des Frauengefängnisses von Giudecca an, der Wachturm lehnt sich fast an die Villa.

Seit drei Jahren ist das Gefängnis geschlossen, das Areal verlassen. Es herrscht eine wundervolle Ruhe hinter jener Mauer, über die ich von meinem Balkon blicken kann. Ein verlassener Zellenblock und mehrere backsteinerne Werkstätten werden nun langsam aber stetig von den ungestört wildwuchernden Oleanderbüschen verdeckt. Nachts übernehmen dann die Grillen von den Zikaden das Zirpmonopol, aber sehr viel dezenter; das unheimliche Schreddergeräusch der vielen Zikaden hat doch etwas Lärmendes.

Über den schmalen Kanal, zwischen Redentore-Kirche im Rücken und Frauengefängnis vis-à-vis, habe ich einen Durchblick über den Giudecca-Kanal hinüber zum Campanile und der Markuskirche, von deren fünf Kuppeln ich jedoch nur drei sehe. Jedenfalls: ein privilegierter Platz, und jedes Jahr zittere ich aufs Neue, ob mich hier etwa eine Baustelle erwartet, man in der lukrativen Brache bereits ein weiteres Luxushotel hochzieht, Markusplatzblick inklusive.

Die Zahl der Bankfilialen in Glas und Beton an allen Ecken der Stadt nimmt rapide zu. Doch gerade das ist eben ein Spiegel Venedigs: Es geht immer ums Geld. Wenn man dazu äußert, dies sei ein typisches Neureichenphänomen, das hier in besonders gut konservierter Form zu besichtigen ist, dann verstehen das viele nicht. Aber Venedig hat schon in seiner besten Zeit mit List oder Gewalt versucht, fremden Reichtum hierherzuholen. Die Markuskirche, eine freie Improvisation auf die Hagia Sophia in Konstantinopel, zeugt davon. Denn Anfang des 13. Jahrhunderts schickte Papst Innozenz III. ein Kreuzfahrerheer nach dem anderen los, um Jerusalem von den sogenannten Ungläubigen zu befreien. Die Unternehmungen waren nie sonderlich erfolgreich, aber der vierte Kreuzzug 1204 hatte Erfolg, jedoch auf andere Weise, als der Papst es wollte.

Das lag an Venedig. Die venezianische Flotte sollte das Kreuzfahrerheer nach Ägypten bringen, dafür wurde sie bezahlt. Aber der Doge Enrico Dandalo, dem die Führung übertragen worden war, hatte andere, ganz eigene Pläne: Er leitete den Kreuzzug kurzerhand nach Konstantinopel um, ließ die dortigen griechischen Christen (wahrlich ein Kreuzzug!) abschlachten und setzte dann natürlich einen Venezianer als Patriarchen ein. Dieser organisierte auch den Transport aller beweglichen Reichtümer nach Venedig. Wer sich fragt, was die vielen Löwenportale und Säulen in Venedig machen, wie die vier Bronzepferde und viele andere Dinge, mit denen sich die Markuskirche schmückt, hierher kamen, der schaue in die Geschichtsbücher.

Wo wir bei der Historie sind: Mit Napoleon kam zum Beginn des 19. Jahrhunderts bittere Armut nach Venedig. Die Stadt hatte – vor Erfindung des Tourismus und der Ausbeutung der romantischen Legende vom Versinken der Stadt – keine Einnahmequelle mehr und war doch voller Menschen, von denen die ärmeren in blankes Elend gerieten. Auf Fotos von Beginn des 20. Jahrhunderts sieht man noch die zilleartigen Milieus mit zerlumpten schmutzigen Leuten. Rettung kam erst mit Garibaldi und dem italienischen Nationalismus, der sich gegen die österreichische Besatzungsmacht auflehnte. Tatsächlich? Hippolyte Taine bestreitet das. Die Besatzer, schreibt er, ernährten notgedrungen die Stadt, Arme wie Reiche, aber als 1866 die alten venezianischen Adelsfamilien wieder das Sagen bekamen, kümmerten sie sich kein bisschen ums Volk. Taine schreibt auch, Besatzer und Besetzte hätten im Alltag eine seltsam verdeckte Form gegenseitiger Nichtachtung kultiviert, die bis an die Grenze des Erlaubten ging. Wenn die österreichischen Offiziere ins *Fenice* zur Oper gingen, dann mussten sie sich darauf einstellen, dass man sie – wie zufällig, aber in Wahrheit eben doch sehr gezielt – mit Ellenbogen und Füßen stieß und trat. Die italienischen Patrioten wussten genau: Die Österreicher hatten strikten Befehl, sich nicht provozieren zu lassen.

Genauso komme ich mir manchmal vor, wenn ich abends mit der überfüllten Linie Eins zum Lido fahre und beim Einsteigen von venezianischen Rentnern genüsslich gestoßen, getreten und beiseite geschoben werde. Am besten, man entschuldigt sich dann sofort selber mit einem feige-anspielungsreichen „mi scusi!“ und denkt daran, dass die Venezianer eben eine lange und sehr spezielle Geschichte im Umgang mit Fremden haben.

2015

„Bettler sind wir alle“

Der Wind fährt Karussell. Eben noch kam er von vorn, da ist Norden, da sind die Berge, da ist Kühle, jetzt kommt er schon wieder aus Süden, da ist nichts als heiße feuchte Luft. Auf meinem Balkon sitze ich seit Tagen wie in einer ab und zu von Zugluft durchwehten Waschküche. Noch schlimmer ist es nur, wenn plötzlich gar kein Wind mehr weht und man nur noch mühsam wie durch Watte die faulige Kanalluft atmet. Es ist dann, als ob jemand einen Topf Milch über der Stadt ausgegossen hätte, die langsam aber unaufhaltsam in jede Fuge des Mauerwerks, in jede Pore der Haut einsickert. Ja, man kann bei solchem Wetter leicht verrückt werden, die Venezianer wissen das, machen Fenster und Türen zu, stellen ihre Klimaanlagen auf Frost und werden in dicken Pullovern uralt. Aber ich?

Ich will nicht ignorant sein und mir darum etwas von der Biennale anschauen. Ich blättere im Programm und erfahre, dass die Idee einer modernen Kunstausstellung 1893 im Café *Florian* geboren wurde. Das dachte ich mir, vermutlich nach einer Gondelfahrt! Heute wird hier allerdings gar nichts mehr geboren, höchstens tot, so wie das Milliarden teure MOSE-Projekt. Denn ich glaube nicht, dass sich das Meer in Schleusen sperren lässt! Aber ich bin, besonders bei dieser Luft, wohl tatsächlich ein Ignorant.

Die geborenen Venezianer haben ein Dutzend Namen für alle möglichen Arten von Wind, ich kenne gerade einmal den Schirokko. Der ist eher wie ein Heißluftgebläse, das Wüstenwind über die Lagune jagt. Wegen Konzeptkunst, Installationen aller Art, verlasse ich meinen Balkon jedenfalls nicht. Vor hundert Jahren vielleicht, aber heute doch nicht mehr! Peggy Guggenheim, die Galeristin, die von New York nach Venedig zog und einen Palazzo am Canal Grande zum Museum machte, ging mit ihren geliebten Lhasa-Terriern, von denen sie immer zwei hatte, jeden Tag ins Restaurant *Paradiso*, wo jeder der Hunde eine Schüssel Eiscreme bekam. Hoffentlich mochten die vielen Terrier, die sie in ihrem Leben hatte, auch alle Eiscreme! Aber die Attraktion der Eiscreme essenden Hunde war zu groß, um darauf Rücksicht zu nehmen, dass mancher von ihnen vielleicht ein Pansen-Gericht vorgezogen hätte. Das scheint mir auch das Problem der Biennale. Man fragt nicht, ob jemand mal wieder ein Kunstwerk sehen will, dessen Hervorbringung Meisterschaft erfordert – es gibt wie immer nur Eiscreme.

Das klingt jetzt aber wirklich ignorant. Doch ich bin in guter Gesellschaft. Denn in der evangelisch lutherischen Gemeinde Venedigs am Campo St. Apostoli wird ein „unabhängiger" (also nicht eingeladener) Beitrag zur 56. Biennale gezeigt, die dieses Jahr unter dem Motto steht „All the World's Future". Ich finde, dazu passt die Ausstellung *Ernst Barlach – Der Zweifler. Gestalten einer besseren Zukunft*, die in Kooperation mit der Ernst Barlach Gesellschaft in Hamburg entstand.

Barlach in Venedig! Das ist so neu nicht, denn schon 1930 war er mit der Plastik *Das Grauen* auf der Biennale vertreten. Dieses Jahr nun sozusagen außer Konkurrenz und ungefragt zum Thema. Das kommt gut an, die Barlach-Ausstellung ist bestens besucht, das Biennalepublikum auf Abwegen ist begeistert: Was für ernste Themen, die so gar nichts Zeitgeistiges haben, was für eine Intensität des Ausdrucks! Auch der Engel mit dem Gesicht von Käthe Kollwitz aus dem Güstrower Dom schwebt nun in der kleinen Kirche. Allerdings nicht in Bronze, das wäre zum Transport zu schwer gewesen, ein Abguss wurde in Originalgröße aus speziellem Stuckmaterial gefertigt.

Eine ältere Frau, die zur Gemeinde gehört, tritt heran und beginnt, mir erst auf englisch, dann auf deutsch, etwas über die Geschichte des 1937 von den Nazis entfernten En-gels zu erzählen. Barlach kannte sie, wie viele Italiener, bislang nicht. Was sie über ihn zu sagen hat, trifft den Nerv des nach Erlösung ringenden Ausdrucksgenies Barlach, der diesen weltenthobenen Zustand jedoch immer nur für Augenblicke in seinem Werk finden konnte. Wo liegt eigentlich dieses Güstrow?, fragt mich die barlachkundige Venezianerin. Sie ist erstaunt, als ich antworte: Kurz vor Rostock. Sie hätte gedacht, es sei ein Vorort von Hamburg.

Die überlebensgroße Figur des *Bettlers auf Krücken* gleich am Eingang ist ein Sinnbild des Menschen vor der Geschichte. Nie Sieger, immer besiegt – und dennoch nicht ohne eine schlichte Würde. Diese Figur gehörte einst zu Barlachs *Gemeinschaft der Heiligen*.

„Bettler sind wir alle", schrieb er dazu. Die lutherische Gemeinde in Venedig weiß um das, was Geschichte Menschen anzutun vermag. 1542 begann hier die Inquisition gegen die Lutheraner zu wüten – und Luther selbst schrieb nach Venedig zwei Trost- und Bestärkungsbriefe, die als Kostbarkeit gehütet werden. Heute hat die venezianische Gemeinde nur noch 80 Mitglieder, aber initiiert solche Ausstellungen! Sie ist mit ihrem Enthusiasmus nicht allein. Denn noch eine zweite evangelische Gemeinde gibt es hier, die der Waldenser, die im Mittelalter verfolgt wurden, weil sie jegliches Eigentum ablehnten und eine arme Kirche forderten. Ihr Gründer Petrus Waldus war ein Zeitgenosse von Franz von Assisi. Beide wollten dasselbe. Aber Franz von Assisi wurde von der Papstkirche zum Heiligen erklärt und Petrus Waldus als Ketzer verdammt. Es bedarf wohl eines Ernst Barlach, um solch grausame Absurditäten von Geschichte in Ausdruck zu verwandeln.

2015

Redentore mit Monogramm

Die Venezianer machen bekanntlich alles zu Geld. Kürzlich wurde das Mobiliar der berühmtesten Investruine auf dem Lido im Internet zum Verkauf angeboten, aber das habe ich leider verpasst. Das Grandhotel *Des Bains* schloss vor einigen Jahren – trotz Protesten aus aller Welt – und sollte gewinnträchtig zum Appartementhaus umgebaut werden. Gegen sowas helfen keine Proteste.

Der Bauzaun um die Hotellegende steht, ansonsten tut sich nichts. Das wirkt dann so wie einst im heimischen Heiligendamm mit seinen klassizistischen Ruinen – vielleicht warten die Eigentümer an der Adria auch nur darauf, dass alles schnell von selbst zusammenfällt, um es dann (was heißt hier Denkmalschutz!) in Disney-Manier neu zu bauen. Nachempfundener Klassizismus ist doch fast so gut wie echter – und vor allem billiger.

Es ist wieder Redentore, Erlöserfest, zum Gedenken an die großen Pest-Epidemien. Und ich gehe am Sonntagmittag von Giudecca über die Ein-Tages-Brücke hinüber ans Zattere-Ufer. Das kann man nur einmal im Jahr: von der Redentore-Kirche zu Fuß in gut zehn Minuten einen Spaziergang zur Salute-Kirche machen. Dass ich den *Des Bains*-Ausverkauf verpasst habe, sagte ich schon. Aber jetzt stehe ich auf der anderen Seite des Kanals plötzlich vor einem Laden, der, wie sich das für einen geheimnisvollen venezianischen Trödler gehört, sonst fest verschlossen ist, nur eine Telefonnummer für mögliche Kontaktaufnahme findet man an der Tür.

Heute steht die Tür offen und lässig lehnt ein Mann im Türrahmen, der wie ein Hotelportier an seinem freien Tag wirkt. Er schaut in die Ferne, nicht einladend, nicht abweisend – eher wie ein Seemann, der vorn am Ausguck den Horizont mustert. Das ist es: In diesem Laden versammelt er das, was von den großen italienischen Passagierschiffen der Südamerika-Linie noch übrig geblieben ist. Hoheitsvoll reicht mir der Nachlassverwalter dieser Schätze einen Bildband mit Fotos von großen Schiffen. Das da ist die *Italia*, er zeigt mit dem Finger auf ein Titanic-ähnliches Schiff. Und hier im Laden, das sei alles von der *Italia*.

Im Nebenraum scheint für die Firstclass gedeckt. Lampen, Teller, Löffel, Servietten, sogar Tischkarten mit Monogramm, alles da. Das ist, finde ich, unglaublich. Er findet das auch. Und schon sind wir uns nah. Das habe natürlich vor allem einen symbolischen Wert, sei Teil einer längst untergegangen Welt. Da sind wir uns auch wieder einig. Aber besonderen Menschen, die das zu schätzen wissen, und nur solchen, vertraut er ab und zu ein Stück aus seiner Sammlung an. Ich bin gerührt. Wenn schon nichts aus dem *Des Bains*, dann doch wenigstens was von der *Italia*, auch wenn ich noch nie etwas von diesem Schiff gehört habe. Untergegangen scheint es jedenfalls nicht zu sein. Dies Ölkännchen und diese kleine Metall-Schale von der *Italia* würde er mir überlassen, auch wenn es ihm schwer falle, sich zu trennen. Wieviel soll es denn kosten? Ach, er wehrt ab, eigentlich sei das ja alles unbezahlbar – aber dann zeigt er auf den größten Schein, den ich im Portemonnaie habe – weil ich es sei, heute zu Redentore.

Wie beschenkt gehe ich mit einem Stück *Italia* wieder über die Brücke nach Giudecca zurück. Das Kännchen ist zwar aus einfachem Glas und die silberglänzende Schale aus Alpacca, aber immerhin beides mit Monogramm.

2015

Im Zeichen der Fledermaus

Erst kamen die Mücken, dann die Fledermaus. Ich rede von meiner ersten Nacht hier in Venedig, das ist nun bald fünf Wochen her. Schuld sind die Eigentümerin und deren Putzfrau, zwei ältere Damen, von denen man auf den ersten Blick nicht wüsste, wer von ihnen wer ist.

Dabei hatte ich den Kampf um die Mückengitter an den Fenstern bereits gewonnen. Die Eigentümerin hatte sogar auf eine Extrakaution verzichtet. Weil die Mieter auf Zeit diese empfindlichen rolloartigen Gitter immer wieder beschädigten, hat sie Schlösser daran anbringen lassen. Mückengitter sollte es fortan nur noch für die Familie geben. Doch für mich machte man eine Ausnahme. Die eine der älteren Damen, die Eigentümerin, legte vor meiner Ankunft die Gitterschlüssel auf den Tisch. Die andere, die aufmerksame Putzfrau, nahm sie wieder weg. Ein Irrtum, der tags darauf, wie man mir sofort versicherte, korrigiert werden sollte. Eine Nacht werde es schon ohne gehen!

Das dachte ich auch, ließ die Fensterläden eine Handbreit auf, um nicht in der schwülen Hitze zu ersticken, dann kam das Surren der Mücken – und dann fächelte mir im Halbschlaf jemand wie mit einem Fächer Luft zu. Wer sollte das sein? Nach einer Schocksekunde und dem Griff zum Lichtschalter, sah ich sie immer hektischere Runden durch das Zimmer drehen: eine überaus große Fledermaus.

Um es gleich zu sagen: Nicht die Fledermaus erwies sich als verhaltensgestört, ich war es fortan in den Augen all derer, denen ich mit verhaltener Panik von der nächtlichen Besucherin erzählte, die nach mehreren fehlerfrei geflogenen Runden durch das von mir weit aufgestoßene Fenster verschwand. Die Fledermaus hatte Mücken gejagt, sich dabei in mein Schlafzimmer verirrt, na und? Wollte ich alle Phasen meiner Hysterie beschreiben, würde es lange dauern. Jedenfalls bin ich ganz nebenbei per Internetrecherche zu einem Fledermausexperten geworden. Die Welt teilt sich zweifellos in die einen, die Fledermäuse für nützlich halten, und die anderen, die in ihnen eine Gefahr sehen. Ich gehöre eindeutig zu letzteren. Denn wenn auch Hunde und Füchse inzwischen fast überall tollwutfrei sind: nicht die Fledermaus. In Hamburg wurde kürzlich eine Frau von einer tollwütigen Fledermaus in den Finger gebissen, das war allerdings am Tage, und sie hatte das am Boden liegende Tier angefasst. Mein Fall liegt anders, gewiss. Jedoch, woran merkt man, wenn man von einer Fledermaus gebissen wird? Die einen sagen, durch einen heftigen Schmerz, die anderen, manchmal merke man überhaupt nichts. An diesem „manchmal" arbeitet sich nun meine Phantasie ab. Das wäre dann doch so etwas wie unbefleckte Empfängnis, nur absolut tödlich?

Vergiss es!, sagt mein schwer von medizinischen Bagatellen aus der Ruhe zu bringender Chirurgen-Bruder am Telefon. Das sind absolute Einzelfälle, ist also eher eine theoretische Angelegenheit. Auf jeden Fall müsste überhaupt erst einmal eine Wunde vorliegen. Wenn dich aber eine Fledermaus beißen sollte, sagt er noch, dann wasch die Wunde einfach mit Seife aus. Wenn mich eine Fledermaus beißen sollte, antworte ich, dann bin ich eine halbe Stunde später in der Notaufnahme des Ospedale!

Die Venezianer, das passt zu ihnen, lieben ihre Fledermäuse. Vor allem, weil sie bislang keine hatten. Vor einigen Jahren gab es in der Stadt eine große Kampagne zu ihrer Ansiedlung. Schafft den Fledermäusen ein Zuhause!, lautete der Spruch. Denn eine Fledermaus frisst, wenn es darauf ankommt, Tausende von Mücken in einer Nacht, auch die sich hier ausbreitende Tiger-Mücke, die im Verdacht steht, Tropenkrankheiten zu verbreiten. Aber die Fledermäuse meiden das schmutzige Wasser der Kanäle, darum sind sie immer noch selten. Außer der in meinem Schlafzimmer, habe ich hier überhaupt noch keine gesehen.

Trotzdem sind sie so etwas wie Helden. Kürzlich prallte ich am Lido zurück, als jemand einen Drachen steigen ließ: in Form einer bösartig grinsenden Fledermaus. Ich finde, das geht zu weit. Passend dazu fand ich ein zur Wohnung gehörendes Buch auf meinem Nachttisch, das gewiss einer der Vormieter liegen ließ. Es ist ein Venedig-Roman der besseren Art von Alberto Ongaro und heißt *Das Spiel mit dem Tod.* Ein Sohn der Stadt kehrt in winterlicher Szenerie aus einer ihm auferlegten Verbannung zurück und findet sein bisheriges Leben nicht mehr wieder. Es beginnt ein surreales Spiel, das er nur so lange überleben kann, wie er weiterspielt. Einen Satz darin habe ich mir angestrichen: „Doch ich war es müde, in einer Wirklichkeit herumzuirren, die ich nicht recht fassen konnte, war es müde, mich Phantasien und Ängsten zu überlassen."

Ab und zu kann ich auch mal wieder einen klaren Gedanken fassen. Warum passt die Fledermaus, bei der man unwillkürlich an einen Vampir denkt, denn so nach Venedig? Ein Foto steht mir vor Augen: Hemingway 1954 in Venedig. Der Autor sieht müde, wie gebrochen aus. Er war gerade in Ostafrika mit dem Flugzeug abgestürzt und kam nach Venedig, um sich von seinem Arzt Graf Kelcher behandeln zu lassen, oder mit ihm in schweigender Schicksalsergebenheit etwas zu trinken. In seiner Suite im *Gritti*-Hotel soll er seine gesamte Expeditionsausrüstung deponiert haben, 87 Koffer, samt Jagdgewehren und Massai-Lanzen! Auf dem Foto aber ist nicht eigentlich er das interessante Motiv, sondern jemand anderes, der spitzohrig und rundäugig in die Kamera lächelt, wohlwissend, dieses Foto ist Gold wert: Giuseppe Cipriani.

Dieser Cipriani ist die leibhaftige venezianische Fledermaus des 20. Jahrhunderts! Ein kleiner Kellner, der in den 20er Jahren alles Geld, das er besitzt, einem Amerikaner namens Harry Pickering leiht, damit dieser nach Amerika zurückkehren kann, dann lange nichts mehr von ihm hört. Pickering kommt irgendwann doch nach Venedig zurück und aus Dankbarkeit gibt er Cipriani das Kapital für eine eigene Bar: jene *Harrys Bar*, in der er dann höchstpersönlich jeden vor die Kamera schleift, der einen werbewirksamen Namen hat. Hemingway durchschaut die Inszenierung natürlich, spricht in einem seiner Bücher davon, dass bei diesem Menschen alles „immer nur Gesten waren" – er bezog das auf die Diva D' Annunzio, aber auch Cipriani durfte sich gemeint fühlen. Der Selbstdarsteller Cipriani wird berühmt als Erfinder des Carpaccios, jener dünnen rohen Streifen Rindfleisch, die er nach einem Anfang der 50er Jahre in Venedig angesagten Maler benannte, der kurzzeitig mit satten Rot-Tönen auf sich aufmerksam machte und heute schon wieder vergessen ist. Es dauerte nicht lange, dann gehörte Cipriani auf der Giudecca nicht nur *Harrys Bar*, sondern auch das *Cipriani*, ein Luxushotel in unscheinbarer Kulisse. Das Carpaccio kostet hier, je nach Beilage, vierzig bis fünfzig Euro. Doch erstaunlicherweise gibt es dafür ein Publikum, denn die Restaurant-Plätze am Kanal sind jeden Abend gut besetzt. Ich verkehre hier nur indirekt: zwischen *Harrys Bar* und dem *Cipriani*-Hotel verläuft meine abendliche Jogging-Strecke (die Giudecca ist eine schmale Insel, da sind die Wege gezählt). Einige der mit ihrer überteuerten Fracht meinen Weg kreuzenden Kellner hätte ich so beinahe schon umgerannt. Worauf mich dann giftige Fledermausblicke treffen.

2015

Auf Umwegen

Karl Scheffler, der vor dem ersten Weltkrieg nach Venedig kommt, erkennt die große Verführerin: „Venedig verführt zur Lüge wie kaum eine andere Stadt."

Wie sich Taine in Venedig an Oxford erinnert fühlt, so Scheffler an den Spreewald! Das zeigt, Venedig taucht nicht nur sich selbst fortwährend in ein anderes Licht, sondern auch jene Gegenden, die wir im Kopf mit hierher getragen haben. Wir sehen auch Altbekanntes plötzlich anders, Venedig ist wie ein unausrechenbar auf- und abblendender Scheinwerfer, der unsere Existenz neu ausleuchtet, bis auf den Grund scheinbar altbekannter Erinnerungsbilder: „Ist der Tag, wie es bei unserer Ankunft war, trübe, so ist es ungefähr wie an den Ufern unserer Ostseehaffe. Das Wasser dehnt sich weit in trüber Großartigkeit, mit gelben, fahlen Lichtern und schmutzigen Wellen, während der Zug über den langen Eisenbahndamm dahinrollt und die Silhouette Venedigs grau und rostrot daliegt, wie wir die Städte der Ostseeküste in schwerer Tonigkeit daliegen sehen." So nähert sich mancher diesem dem Auge immer wieder davon schwimmenden Ort mittels Ostseeanalogien. Denn auch das Sehen bedient sich der Krücken.

Im Eurostar von Mailand nach Venedig, in dem Sitzplatzreservierung obligatorisch ist, verschlägt es mich in einen Waggon mit lauter Japanern. Hier wird sich, wie eine das orgiastische Prinzip erprobende Schulklasse auf Ausflugsfahrt, mit und ohne „Selfie-Stick" zwei Stunden lang schier unermüdlich gegenseitig und mehr noch selbst fotografiert. Wollte man heute auf Nietzsches Spuren eine Kulturkritik schreiben, müsste sie von der Geburt des Narziss aus dem Geiste der Massenkultur handeln.

Ist hier jemand nervös? Nietzsche selbst war es in hohem Grade. Er wollte Venedig nicht mit seinen – höchst kurzsichtigen – Augen in Besitz nehmen, sondern es erlauschen. Er hatte die Ohren eines Musikers. Vier, fünf Mal kam er zwischen 1884 und 1888 hierher um die „Melodie“ der Stadt zu erspüren, die er einer Etüde gleich zu komponieren gedachte. Sein *Gondellied* gibt davon nur einen schwachen Eindruck, denn als Lyriker war dieser Zertrümmerer alles selbstgefällig Überlieferten eher konventionell.

Nietzsche, der aufs Morgen hin gehende Denker in dieser so vom Gestern her bestimmten Stadt, wie geht das zusammen? Nur als dissonanter Klang, aber gerade den suchte der Philosoph hier: „Meine Seele, ein Saitenspiel, / sang sich, unsichtbar berührt, / heimlich ein Gondellied dazu, / zitternd vor bunter Seligkeit. / – Hörte jemand ihr zu?“ Das ist die in ihm vibrierende *Ecce-Homo*-Angst: niemand hört (ihm) zu. Im *Café Florian* auf dem Markusplatz sah er das lärmige Nebeneinader von „100 tiefen Einsamkeiten“. Und eben darin erkannte er den „Menschen der Zukunft“ – ein Narziss, mit nichts anderem mehr als den eigenen Eitelkeiten und Reizbarkeiten beschäftigt: ein nervöser Restposten der Geschichte, Aufmerksamkeit erheischend, aber gerade an dieser herrscht Mangel in allem Überfluss.

Als der Zug sich der Lagune nähert und sich die Unruhe eines ungeduldig erwarteten Wiedersehens in mir bemerkbar macht, werden die Japaner schlagartig müde, ziehen überall die Sonnenjalousien herunter, vergessen dabei auch nicht *ein* Fenster im Waggon und fallen kollektiv in einen rituellen Kurzschlaf, vermutlich um beim Aussteigen erfrischt die Selfie-Ersatzarme wieder in den Himmel recken zu können.

Und so ich fahre ich im abgedunkelten Abteil, blind wie ein Maulwurf, aber immerhin in völliger Stille, wie auf dem Grund der Lagune Venedig entgegen.

2016

Objekt trifft Subjekt

Ich muss mich beeilen, um meine Wohnung im Stadtteil Castello am Campo San Martino bis 20 Uhr zu übernehmen, sonst zahle ich 50 Euro Abendzuschlag, nach 23 Uhr bleibe ich auf der Straße, auch am Sonntag. Harte Regeln, da weiß man gleich, was Sache ist. Die Wohnung gehört einem Feinkostladen an der Ecke, so viel ist klar, aber ans Telefon geht niemand, obwohl ich meine Ankunftszeit vorschriftsmäßig per Mail angekündigt habe. Zum Glück sind Leute auf der Straße, die kennen die Inhaber, man werde ihnen Bescheid sagen.

Nach einer guten halben Stunde kommt die Tochter des Hauses mit dem Schlüssel. Man merkt ihr an, dass es sie ärgert. Vielleicht hat die Familie Lose gezogen und sie hat verloren, vielleicht muss sie aber auch immer raus, wenn abends noch was Lästiges anliegt. So was wie ich?

Wie ein Bittsteller fühle ich mich eigentlich nicht, der Preis, den ich für die Wohnung gezahlt habe, ist – wie immer in Venedig – stattlich. Ich komme mir fast wie jemand vor, der Oldtimer sammelt, obwohl er sich noch nicht einmal einen Fiat 500 leisten kann. Aber immerhin, die Wohnung hat eine Terrasse, und so was ist für einen Vermieter in dieser Stadt bares Geld wert und für mich hoffentlich die Gelegenheit zu „Freiluftgedanken“, wie es Nietzsche nannte, der nicht in geschlossenen Räumen arbeiten mochte. Zu Nietzsche in Venedig komme ich noch, erst einmal muss ich die Kurtaxe, die die Stadt neuerdings erhebt, zahlen – nach typisch venezianischen Regeln, solchen, auf die man sich im Zweifelsfalle nicht berufen kann. Für die Kurtaxe gibt es einen Ermessensspielraum. Maximal beträgt sie fünf Euro pro Nacht. Das ist für jene Fünf-Sterne-Hotels gedacht, wo eine einzige Übernachtung allein schon mehrere tausend Euro kostet.

Natürlich hat mir der Feinkostladen die vollen fünf Euro, das zulässige Maximum pro Nacht, berechnet. Er hätte sich auch mit zwei begnügen können. Aber wenn es um das Schröpfen von Fremden geht, sind Venezianer Patrioten. Gegenüber, auf der anderen Kanalseite, hängt ein Spruchband: „Residenti – Resistenti“, was wohl den widerständigen Stadtbewohner beschwört. Aber resistent, das klingt in meinen Ohren gerade wie hoffnungslos stur.

Die Tochter des Feinkosthändlers, vielleicht zwanzig, blondiert, rotlackierte Zehen-Nägel und einen feuchten Händedruck, schaut mich forschend an. Ich weiß, verhandeln, protestieren gar, nutzt hier nichts, das ist kein Versehen, das ist die Absicht der resistenten Residenten, zu denen ich nicht gehöre. Man mag die Fremden nicht, aber ihr Geld nimmt man mit vollen Händen! Jedenfalls ist die Terrasse, nicht einsehbar, wie es im Maklerdeutsch heißt, weil zwischen die Dächer der angrenzenden Häuser gequetscht, auch fünf Sterne wert.

Klingt alles furchtbar profan, die Schleife laufende Litanei eines, der dennoch immer wieder kommt. Warum eigentlich? Das müsste man Nietzsche fragen, der in Venedig mit ähnlich banalen Dingen zu tun hatte, obwohl er hierher kam, um wichtige Dinge zu denken. Die Venezianer zelebrieren nun mal ihren Alltag, und sie bestimmen, ob gerade Lärm oder Stille geboten ist.

An seinen Freund, den erfolglosen Komponisten Heinrich Köselitz, Peter Gast genannt, der hier seine Oper *Der Löwe von Venedig* komponierte (wieder ein Reinfall), schreibt Nietzsche im März 1884: „Wenn ich komme, dann suchen Sie mir bitte ein Zimmer am Canale Grande?“ Sein Wunsch geht in Erfüllung. Köselitz begutachtet ein Zimmer am Rialto, findet es sauber und – wie man heute sagen würde – bucht es für Nietzsche.

Vorsichtshalber weist er den empfindlichen Philosophen auf den Lärm in dieser Gegend hin: „Nachtruhe im deutschen Sinne gibt es nicht (Singen, Schreien, Disputieren).“ Aber immerhin die Vermieterin, Mitte dreißig, findet Köselitz „ernst und anständig“. Diese Szene gibt ein Beispiel dafür, wie Venedig die Sinne vernebelt, wie derjenige, der meint zu handeln, unweigerlich zum Objekt des Handelns wird. Denn Nietzsche ist von seiner Vorstellung, am Rialto zu wohnen absolut entzückt, er sagt alles – und zu jedem Preis – zu. Die Ernüchterung folgt unausweichlich, wie nach einigen Tagen sein irritierter Bericht an Köselitz zeigt: „Ich glaube, ich wohne bei einer Hure!"

Ja, wenn doch im Baedeker gestanden hätte, dass das Viertel am Rialto, in das es Nietzsche mit solcher Vehemenz zog, als Rotlichtviertel Venedigs galt!

Aber vielleicht hat gerade dieses für einen deutschen Professor etwas peinliche Logis seinen Einfluss auf den soeben entstehenden *Zarathustra* gehabt, in den die merkwürdigen, eigentlich wenig zum distinguiert-weichlichen Nietzsche passenden Sätze hineingeraten: „Du gehst zu Frauen? Vergiss die Peitsche nicht!"

Seiner Begeisterung für Venedig hat dieser kleine Zwischenfall keinen Abbruch getan, im Gegenteil. Vermutlich hat er das Geheimnis gekannt, in Venedig fremd und dennoch glücklich zu sein: einverstanden damit, allzu oft Objekt fremden Handelns zu werden.

2016

Beiläufiges Memento mori

Sehen kann man bekanntlich auf verschiedene Weise. Vorsätzlich und angestrengt beobachtend, gleichsam mit Fernrohr und Mikroskop auf der Lauer liegend. Der Prototyp eines solchen Beobachters war Ernst Jünger, geradezu unerbittlich jede Kleinigkeit dessen festhaltend, was sich da vor seinen Augen abspielte, gleich ob im Schützengraben des ersten Weltkriegs oder in seinem Garten in Wilflingen. Das Beobachtete ist das Zielobjekt, das anvisiert wird, den Finger am Abzug. Das ist der kalte und präzise Typ Beobachter. Ein anderer Typus ist der, der sich am Gesehenen erbauen will, immer bereit über die Schönheit der Welt ergriffen zu seufzen. Über den hat Brecht alles gesagt.

Venedig sperrt sich beiden Arten des In-Augenschein-genommen-Werdens. Denn: Es beobachtet gleichsam zurück. Offenbar gibt es für die letzten Venezianer in der vom akuten Bevölkerungsschwund betroffenen Stadt nichts Ergötzlicheres als sich die Massen von Venedig-Besuchern anzuschauen. Vormittags ergießen sie sich über den Markusplatz, oft genug im Pulk Fähnchen schwingenden Vorderleuten folgend, abends verlaufen sie sich so plötzlich wie das Wasser nach jedem Acqua Alta (Hochwasser) in irgend welchen verborgene Ritzen. Man muss nur warten können.

Das können die Venezianer seit Jahrhunderten, sie wissen: Jeder hier ist irgendwann mal für eine Gondelfahrt oder ein überteuertes menu turistico fällig. Also warten sie ostentativ gelangweilt, die Gondoliere und die Kellner in den Osterias, wie Angler, die das Fische-Fangen als eine Form der Entspannung, aber nicht ohne sportlichen Ehrgeiz betreiben. Wer angelt den dicksten Fisch?

Nietzsche hat eine andere Art des Beobachtens kultiviert und sofort zu einem Bestandteil seiner Philosophie gemacht. Er drückt das so aus: „Ich will nichts sehen, als zufällig." Nun muss man in Rechnung stellen, dass Nietzsche so kurzsichtig war, dass man diesen Satz auch als visuelles Minimalprogramm missverstehen könnte. Mitnichten!

Das Aus-den-Augenwinkeln-Sehen ist etwas, das wir aus unserer stammesgeschichtlichen Entwicklung behalten haben. Erweitere deinen Wahrnehmungsradius, stelle dein Sehen auf Weitwinkel, nicht weil das die schöneren Panoramen ergibt, sondern weil überall Gefahren lauern können. Daran denke ich jedes Mal, wenn ich die mehrere hundert Meter lange, aber vielleicht nur einen Meter breite dunkle Gasse von der Vaporetto-Haltestelle am Arsenale in Richtung meiner Wohnung am Campo San Martino gehe. Mittig halten und so schnell wie möglich hindurch! Die Spuren auf dem Stein zeigen, warum. Denn dies ist offenbar eine Art Pausenraum für die Tauben vom Markusplatz, hier können sie in Ruhe ihren Geschäften nachgehen, auch ihrem ganz simplen Geschäft, das dann als grün-weißlich schmierige Masse herabregnet. Jedes Mal aufs Neue stellt sich die Frage, wie komme ich hier bloß unbefleckt durch? Immerhin dies ist ein Zeichen von Vitalität in dieser Stadt, in der die vielen Touristen nur die Kulisse eines großen Sterbens bilden.

Denn Venedig verwandelt sich unaufhaltsam in eine überalterte Stadt der Rentner. Man sieht sie meist nur am frühen Morgen und am Abend, wenn es weniger heiß ist, aber dann gleich in Scharen. Manchmal gehen sie zu zweit, stützen sich gegenseitig über die Kanal-Bücken, von denen diese wahrlich nicht altersgerecht gebaute Stadt Tausende hat. Sogar, wer im Rollstuhl sitzt, muss raus, wenn es über eine Brücke geht. Der Mensch ist dann auf der einen Seite der Brücke, sein Rollstuhl auf der anderen. Ich könnte mir hier eine Existenz mit Rollstuhltragen aufbauen!

Wenn man nur richtig – auf beiläufige Weise also – sieht, dann hat diese Stadt ihre Eigenart verteidigt, nicht nur in der Art, die Wäsche – trotz Automaten – immer noch an quer über die Gassen gespannten Leinen zu trocken, auch in der

Art, den Tod zu zelebrieren, wenngleich auf eine irgendwie nachlässige Weise.

Hundert Jahre nach Thomas Mann bekommt *Der Tod in Venedig* etwas Inflationäres. Die einzigen florierenden neuen Geschäftsgründungen scheinen Bestattungsinstitute zu sein, sie verdrängen sogar noch die zahlreichen, offensichtlich schlecht gehenden Andenkenläden. An jeder Ecke findet man die Anzeigen ihrer aktuellen Kunden mit farbigen Fotos aus Zeiten, da es ihnen offensichtlich gut ging. Aber die Venezianer sind nicht nur praktisch, sie bewahren dabei auch immer einen Sinn fürs Archaische.

Das Ospedale ist gerade jahrelang renoviert und umgebaut worden, es hat nun sogar einen Hubschrauberlandeplatz auf dem Dach. Der alte Eingangsbereich jedoch wirkt immer noch wie der einer Kirche mit hohen Gewölbedecken. Nietzsche ging hier oft, denn er brauchte nicht nur den freien Himmel über sich, sondern traute nur Gedanken, die er gehend gefunden hatte.

Als ich seitlich am Krankenhaus vorbeispaziere, ist es wie so häufig in Venedig: man tritt aus dichtem Gewühl heraus und findet sich ganz allein auf der Gasse. Eine Seitentür steht offen, hier geht es zur Kapelle. Kein Mensch ist zu sehen, ich trete ein, da ist dann doch ein Mensch – er liegt in einem offenen Sarg und ist offensichtlich schon eine Weile tot, das Gesicht grau wie Stein, der Ausdruck in ihm nicht mehr individuell, sondern jenen „Furien" gleich, die Barlach zeichnete.

Diese Venezianer haben Nerven, lassen ihre Toten allein hinter der offenen Tür liegen! Wie seltsam, plötzlich einem Gestorbenen gegenüber zu stehen. Ich kann nicht einmal erkennen, ob es ein Mann oder eine Frau ist oder besser war – jedenfalls wurde er alt.

Welch aufdringliches memento mori Venedig immer wieder – auf beiläufigste Weise – bereit hält.

2016

Klima und Hysterie

Man lernt unterwegs einiges, was man zu Hause nicht lernen würde. Zum Beispiel: Gesund bleiben heißt, der Klimaanlage zu entkommen! Wie endzeitlich das schon klingt: eine „Anlage", die das Zimmer-Klima regelt, weil das Klima, so wie es draußen in der Natur vorkommt, ja schon kaputt genug ist.

Aber das stimmt so nicht. Oder nicht mehr. Denn in diesem Sommer lerne ich die Klimaanlage lieben. Schallschutzfenster zu, Klimaanlage auf 21 Grad Celsius gestellt, vielleicht auch die Vorhänge wenigstens halb zu – so lässt sich der Tag, egal in welcher Weltgegend auch immer, überstehen. Alles Unglück in der Welt komme nur daher, dass der Mensch es nicht in seinen eigenen vier Wänden aushalte, schrieb Gottfried Benn. Streichen wir die „eigenen", Hotelwände tuns auch. Mein Zimmer, meine Festung – das funktioniert mit autonomem Klima, regelbar sogar per Fernbedienung. Ein Fortschritt bester Art: der gut belüftete Elfenbeinturm im Meer der Straßenlärms.

Die Wohnung am Campo San Martino hatte keine Klimaanlage, nur einen großen Ventilator im Schlafzimmer. Flügeldrehstärkeregler von eins bis fünf. Bei Stufe fünf fliegen nachts im Bett die Haare wie an einem Novembertag an der Ostsee. Allerdings wird so nur die Waschküchenluft Venedigs auf Hochbeschleunigung gebracht.

Jetzt jedoch wohne ich auf Murano, in einem ziemlich luxuriösen Hotel, das, weil es eben auf Murano und nicht in Venedig liegt, den Anschluss an die Preisrallye auf dem venezianischen Festland verloren hat. Aus der Perspektive der kleinen Glasbläserinsel liegt Venedig da wie ein Kontinent. Für Goethe war Murano denn auch ein „Venedig im Kleinen", in dem sich das magische Vermögen zum Spiegelblendwerk im Glas manifestierte. Eine Feier jener – über die Grenzen von Realität und Fiktion hinwegtäuschenden – Mischungen aus

Quarzen, die verflüssigt schließlich jene Gestalt annehmen, die bezaubert. Aber Goethe, für den Venedig eine „neptunische Stadt" war, hatte auch genug alles Pathos distanzierenden Witz im Leibe, die Stadt eine „Biberrepublik" zu nennen.

Das Hotel, das einzige auf Murano, ist nicht gerade überlaufen. Vielleicht liegt es daran, dass die Amerikaner und Japaner, wenn sie ein Hotel in Venedig buchen wollen, gleichgültig über dieses Angebot hinweggehen. Murano? No, wir wollen nach Venedig! Wenn sie Pech haben, landen sie in einer Absteige im Industriegebiet von Mestre, denn verwaltungstechnisch ist Venedig heute ein schrumpfender Teil des eingemeindeten Mestre. Das *La Gare Hotel*, in einer ehemaligen Glasfabrik gelegen, glänzt mit diskreter Stille – und einer hochmodernen Klimaanlage. Hier fahren weder Autos, noch dröhnen fröhliche Urlaubshits, die den Aggressionspegel in gefährliche Höhen treiben. Hierher kommen still in ihrem Reiseführer lesende Individualreisende, die wissen, wo Murano liegt. Also alles bestens? Nicht ganz, denn ich bin bereits süchtig nach meiner Klimaanlage. Rausgehen? In diese schreckliche Schirokkoluft, die einem wie mit einem Hammer auf den Kopf schlägt? Hat man das heute noch nötig?

Ich gebe zu, in Sachen Klimaanlage bin ich Renegat. Lobe, was ich gestern noch verteufelt habe. Beides reinsten Herzens. Kenne sich da noch einer mit sich aus. Aber dieses leise Rattern der Maschine, der gleichmäßige Luftzug, der die erhitzten Nerven kühlt, diese Anmutung von Norden mitten im transpirierenden Süden! Jeder Zufall bleibt draußen, das Wetter von morgen ist in meinem Zimmer keine Unwägbarkeit mehr, es ist ganz meinem Willen unterworfen, es sei denn, jemand drehte den Strom ab.

In diesem Zimmer bin ich keinem fremden Willen ausgeliefert, Temperatur und Windstärke stelle ich selbst ein, wenn das nicht der Gipfel der Autonomie ist – und trotzdem, irgendetwas stimmt nicht. Am Ausblick kann es nicht liegen – der ist unbeirrbar schön, jedenfalls, wenn man leer stehende

Glasfabriken aus Backstein für schön halten will. Natürlich kann ich das Fenster *nicht* öffnen, denn dann funktioniert die Klimamaschine nicht mehr, was eine Katastrophe wäre.

Zur Kältekammer gehört die passende Lektüre. Knut Hamsuns *Hunger* lese ich mindestens zum dritten Mal, es ist die immer gleiche simple Geschichte: Ein seiner selbst noch unsicherer Autor läuft durch die Stadt, die ihm langsam entgleitet. Er hat kein Geld, er hat keine Wohnung und nichts zu essen – und was er schreibt, darüber schütteln die Redakteure zumeist den Kopf. Vor Hunger fängt er an zu fantasieren und am Ende macht er das einzige ihn vielleicht noch Rettende: Er heuert auf einem Schiff als Matrose an. Ein zweites Buch von Hamsun lese ich hier zum ersten Mal, ein wahrhaft beunruhigendes: *Mysterien*. Da kommt jemand in eine Stadt, von dem alle glauben, er sei Ingenieur und habe Geld, nur er selbst glaubt das nicht, er glaubt überhaupt nichts mehr, erzählt überall unglaubliche Lügengeschichten, die jedoch etwas unwiderstehlich Wahres an sich haben. Und so wirkt er auf andere: „Ich werde immer unruhiger durch Sie, immer zerrissener, Sie verwirren alle meine Begriffe, stellen mir die Dinge auf den Kopf, gleichgültig, worüber die sprechen." Das häufigste Wort bei Hamsun lautet dabei „gereizt". Man zeigt Nerven. Ein sehr gegenwärtiges Buch über das, was wächst, wenn nichts mehr wächst: lauter Hysterien.

Hebe den Finger, wer meint, das habe nichts mit ihm zu tun. Mit mir in diesem künstlichen Klimakasten schon – und mit Nietzsche in Venedig auch, wie dieser sehr wohl wusste. Nietzsche liebte Venedig, wie er wenige Städte liebte – und doch spricht er in Briefen aus dieser Stadt von einem „intellektuellen Ekel, weil wir sehen, aus kleinen Anzeichen, wie stumpf und kurz und genügsam einer ist". Wen meint er denn damit?

1887 schreibt er übrigens an Peter Gast über zwei Hüte, die er sich von der Mutter aus Naumburg hierher schicken ließ. Zwischen ihnen zu wählen, sei ihm unmöglich. Mit einem der

beiden, dem „betrübten und entarteten Hut" des besagten Hut-Paares will er Gast sofort zum Hutmacher schicken. Venedigs Klima scheint naturbelassen wahrlich gefährlich für die Nerven zu sein.

2016

In der Tiefe nur Treibsand

Um noch mal auf den Tod zurückzukommen: Sein Domizil ist umkämpft. Das, was im Spätherbst und Winter über den Kanälen dieser Stadt hängt wie giftiger Nebel, ist in Wahrheit Rauch über einem Schlachtfeld.

Venedigs Anziehungskraft erwächst aus dem paradoxen Zugleich sich ausschließender Gegensätze. Es zieht seit jeher romantische Weltflüchtlinge ebenso an wie despotische Naturen, die einen überschaubaren Ort suchen, um ihre Machtgelüste auszuleben. Venedigs Wasserlage verbindet den Charakter einer Kolonie mit dem eines Imperiums. Ob auf einer Insel in der Lagune Leprakranke ausgesetzt wurden, oder ob man im Gegenteil Schutz vor Krankheiten und Krieg suchte, wer wollte das jemals so genau entscheiden? Venedig war immer beides zugleich: Ort der Verbannung und Zuflucht. Man fühlte sich als Venezianer sicher vor den Angriffen des Festlands, aber auch von diesem abgeschnitten. Solch eine beunruhigende Doppelexistenz weckt den Ansporn, es der Welt zu zeigen.

Schönheit scheint an diesem Ort daher immer eine Sumpfblüte. Sie hat einen etwas ordinären Duft, der all die Gewalt und den Schrecken überdeckt, aus dem sie erwuchs. Michel Montaigne reist 1580 nach Italien. Er, der über die Bäder von Lucca ebenso ausführlich zu erzählen weiß wie über Rom, kanzelt das zu dieser Zeit so mächtige Venedig auf knapp einer Seite ab, wobei ihm – neben den legendären Kurtisanen – vor allem die „Polizei, die Lage, das Arsenal, der St. Marcusplatz und die Menge der fremden Nationen" bemerkenswert scheinen. Es klingt so, als sei da einer froh, dieser Stadt schnell wieder den Rücken kehren zu können, denn die hinreichend bekannten Sehenswürdigen habe er sich „ein wenig anders und etwas sehenswerter vorgestellt".

Montaigne sieht es bereits mit bitterer Melancholie: siegreiche Geschichte geht über Leichen. Erst als die so militante

Republik Venedig untergeht, atmet man hier freier – aber man beginnt nun auch bereits, die Kulissen einstiger Größe zu bewohnen.

Heute nun schwimmt Venedig an gegen die Drohung des Versinkens. Erfolgreich? Am Ende wohl nicht – aber was heißt am Ende? Diese Stadt kultiviert den Untergang, sie zelebriert ihn, so lange bereits, dass dies Sterben schon wieder Hoffnung auf ewiges Leben machen könnte. Frappierend, wie man sich aus den Abstürzen, die die Stadt regelmäßig trafen, wieder emporarbeitete – einer Welle vergleichbar: jedem Kamm folgt ein Tal, jedem Tal ein Kamm. Das Auf und Ab gehört zum Rhythmus Venedigs, es bestimmt seit vielen Jahrhunderten seinen Puls. Auch der technokratischen Modernität eines Napoleons, einer der größten Bedrohungen für Venedig, begegnete man auf gewohnte Weise: man schwamm darüber hinweg.

Ist das Realitätsverleugnung oder eine sehr spezielle Art von Realismus? Das zu entscheiden fällt schwer, vielleicht ist es sogar unmöglich. Venedig produziert Phantasien – und hierher kommen immer wieder diejenigen, für die diese die allerrealste Form der Realität sind.

Diese Stadt also perfektioniert beharrlich die Bühneneffekte. Darum dreht sich immer alles um die Beleuchtung. Venedig wäre nicht die Legende seiner selbst, ohne die ständige Problematisierung des Lichts. Was ist die noch zuträgliche Dosis? Bis wohin glorifiziert es, ab wenn stellt es bloß? Das Problem kennt jede in die Jahre gekommene Diva.

Der Canal Grande windet sich jederzeit effektvoll im wechselnden Licht, aber die Tiefe bleibt seltsam out of focus, irgendwie ungeformt: ein barbarisches Geheimnis, ein Labyrinth der Vorzeit. In der Tiefe, so weiß das Gedächtnis dieser Stadt, ist nur noch der Treibsand.

2016

PS: Einiges ändert sich sogar in dieser Stadt, die vom Ewig-Gleichen zu leben scheint. In den Jahren 2010 bis 2016 stiegen die Vaporetto-Preise ebenso stetig wie die Besucherzahlen, mal waren es mehr, mal weniger Tauben auf dem Markusplatz (je nach Einsatz-Quote der Anti-Baby-Pille), Billa wurde von Coop übernommen, die Pyramiden-Pizzeria verschwand, Donna Leon verlegte ihren Wohnsitz endgültig von Venedig in die Schweiz, die Glasmanufakturen auf Murano haben ihre Krise offensichtlich überwunden, das MOSE-Projekt ist vielleicht doch nur ein einziger PR-Trick … Manche vom Sehen vertraute Gestalten verschwanden aus dem Stadtbild und traten ihre letzte Überfahrt nach San Michele an. Das zumindest bleibt sich gleich.

2017

Nachwort

Wohl keine Stadt der Welt wurde und wird noch immer so oft besungen, oder nüchterner gesprochen: zwischen zwei Buchdeckel gepresst, wie diese: Venedig – schon der Name klingt wie Musik, die Erinnerungen an oft gesehne Bilder weckt, selbst bei denen, die noch nie einen Fuß auf das schwankende Festland des einstigen Inselstaates gesetzt haben. Paris gilt als „Stadt der Liebe“, doch die klassisch „romantische“ Hochzeitsreise führt in die Lagunenstadt und nicht an die Seine. Vielleicht, weil die Ehe der fragwürdige Versuch ist, einen dauerhaften Bund auf das flüchtigste aller Gefühle zu gründen: Glück.

Für diese paradoxe Hoffnung gibt es keinen passenderen Ort als Venedig, diese stadtgewordene Paradoxie schlechthin: ein Traumgebilde, das sich tagtäglich verjüngt, indem es sein Altern, sein Sterben, seinen Untergang zelebriert. Ein Sehnsuchtsort, dessen verlockende Schönheit das Gefühl des Bedrohlichen steigert, und umgekehrt, wo Eros und Thanatos sich vereinen, Liebe und Tod.

Natürlich ist das ein Klischee. Aber das Erschreckende an Klischees besteht in der Wirklichkeit, die sie permanent hervorbringt, so dass man sich kaum getraut, das Bestehende beim Namen zu nennen, um nicht des Klischees bezichtigt zu werden. Gunnar Decker wagt es, das tausendmal Beschriebene noch einmal zu beschreiben, neue, noch nicht abgenutzte Bilder für das Leben in dieser Stadt zu finden.

Die erste Voraussetzung dafür: es ist kein Reisebuch, keine Empfehlung von Orten, die man gesehen haben muss, um daheim mitzureden. Es sind Berichte, Notizen eines Verweilenden, der seit zehn Jahren jeweils einen Teil des Sommers in Venedig verbringt. Kein Durchreisender, kein Tourist, der in kürzester Zeit möglichst viele Sehenswürdigkeiten absolviert. Aber auch kein Einheimischer, nicht einmal ein Zugezogener, den die Nachbarn ins Vertrauen ziehen, ganz zu schweigen von den Palästen der Mächtigen, der Drahtzieher seit Generationen, die ihm verschlossen bleiben.

Das genau ist der Ort, von dem dieses 1001. Venedig-Buch kündet: weder Außen noch Innen, sondern der Punkt, die oszilierende Linie, in der Drinnen und Draußen verschmelzen – im Nachdenken des Wanderers, der innehält, um das Sichtbare mit dem Unsichtbaren zu vereinen, das Bestehende als etwas werdend Vergehendes durchsichtig zu machen.

Die zweite Voraussetzung für einen solchen Blick ist die eigene Herkunft: 1965 in Kühlungsborn geboren, hat Gunnar Decker Philosophie an der Humboldt-Universität zu Berlin studiert, über protestantische Mystik bei Gottfried Arnold promoviert und u.a. Biografien über Gottfried Benn (2006), Vincent van Gogh (2009), Franz Fühmann (2009), Georg Heym (2011), Hermann Hesse (2012), Georg Trakl (2014) und jüngst Franz von Assisi (2016) geschrieben. Mit Nietzsche hat er sich das „zufällige" Sehen antrainiert, das aus den Augenwinkeln heraus noch das Unscheinbarste wahrnimmt, um im Beiläufigen Wesentliches zu erkennen.

Dieter Goltzsche ist dem jüngeren Autor gerade darin verwandt. Geboren 1934 in Dresden hat er an der dortigen Hochschule für Bildende Künste bei Hans Theo Richter und Max Schwimmer studiert. Seit 1959 ist er freischaffend tätig. Ob mit Feder, Radiernadel oder Lithokreide, immer umkreist der genaue Beobachter spielerisch leicht Alltägliches und hält dabei unversehens Bleibendes fest, oft noch mit zarten Aquarellfarben zum Leuchten gebracht. Erst spät, 1992, wurde er für diese meisterhafte Leichtigkeit zum Professor für Malerei und Grafik an die Kunsthochschule Berlin-Weißensee berufen, wo er bis 2000 gelehrt hat. Autoren und Verlage freilich haben den Zeichner und Maler schon früh geschätzt. Und nicht wenige Leser sammeln die mehr als 60 Bücher, die Dieter Goltzsche illustriert hat. Mögen sie sich auch an den Seitenblicken auf Venedig und die offenbaren Geheimnisse dieser merkwürdigen Stadt erfreuen.

Inhalt

1,50

Die Venedig-Notizen von Gunnar Decker
wurden zunächst von 2010 bis 2016 in der Tageszeitung
„Neues Deutschland“ veröffentlicht.
Für diesen Sammelband überarbeitet erscheinen sie
in einer einmaligen numerierten Auflage von
500 Exemplaren.
Die ersten fünfzig wurden von Silke Steinhagen (Weimar)
handgebunden und vom Autor signiert.
Ihnen liegt je ein signierter Originalabzug der
Radierung „Santa Maria“ von Dieter Goltzsche bei.
Zusätzlich wurden 15 römisch numerierte
Künstler-Exemplare hergestellt.

Dieses Exemplar trägt die Nummer:

121

im quartus-Verlag, Bucha bei Jena 2017
Satz und Layout: Jens-Fietje Dwars
Druck: Gutenberg-Druckerei GmbH Weimar
www.edition-ornament.de
ISBN 978-3-943768-72-5